西北草木记

韩育生 著

江苏凤凰文艺出版社
JIANGSU PHOENIX LITERATURE AND
ART PUBLISHING, LTD

图书在版编目（ＣＩＰ）数据

西北草木记 / 韩育生著. —南京：江苏凤凰文艺
出版社, 2017.10
ISBN 978-7-5594-1051-1

Ⅰ.①西… Ⅱ.①韩… Ⅲ.①随笔—作品集—中国—
当代 Ⅳ.①I267.1

中国版本图书馆CIP数据核字(2017)第217569号

书　　　　名	西北草木记	
作　　　者	韩育生	
出 版 统 筹	黄小初　　沈浛颖	
选 题 策 划	何崇吉	
责 任 编 辑	姚　丽	
特 约 编 辑	王群超　　孙明新	
责 任 监 制	刘　巍　　江伟明	
封 面 设 计	米屋工作室	
插　　　画	张　薇	
出 版 发 行	江苏凤凰文艺出版社	
出版社地址	南京市中央路165号，邮编：210009	
出版社网址	http://www.jswenyi.com	
印　　　刷	小森印刷（北京）有限公司	
开　　　本	880毫米×1230毫米　1/24	
字　　　数	240千字	
印　　　张	12	
版　　　次	2017年10月第1版，2017年10月第1次印刷	
标 准 书 号	ISBN 978-7-5594-1051-1	
定　　　价	58.00元	

影视版权抢订热线　　　010-57194853

江苏凤凰文艺版图书凡印刷、装订错误可随时向承印厂调换

献给我的父亲母亲

一种生物总有其在世上的妩媚。

目　录

自序：荣耀和心

写《诗经里的植物》和《楚辞里的植物》是在偶然情形下开始的，写《西北草木记》同样如此。

在乡下家中，一天早晨，陪父母到黄土高原连绵丘陵的小路上散步。说是散步，其实是母亲要为投[1]浆水到山上挖一些苦苣，照例母亲会拉上父亲，越到老来，两个老人越来越像姐弟（母亲年长父亲三岁）。临出门时，母亲对我说："育，你不是要照照片嘛，山上花花草草都开了。"

山路上，两个头发花白的老人和一个梦游般的儿子，这种情形在我心里投下阴影，

---

1 投，西北方言，用白菜、芹菜、野菜，焯过开水，倒入滚烫的面汤，搅拌后，封存在阴凉的瓷缸里发酵，制作成浆水。这种制作浆水的方法，叫作"投"。

从中我感觉到某种幸福和忧伤。在西北旷远寂寥的野地中间，父母儿子的身影被一片"春风吹又生"的草木世界牵引。亦步亦趋在田间地埂上，父母为满眼春草带来的蓬勃喜悦弯腰，蝴蝶一样漫布山野的细碎野花，一朵朵在眼前飞起。因为以写作为业并对草木世界生了迷恋的儿子，两个老人对一辈子相依而生、熟视无睹的草木也起了一点好奇心。我俯下身子，趴在枯枝嫩草的坡地上，镜头贴着一株土地里沉默不言的微小生命。在我身后铺满阳光的坡地上，父母困惑地看着自己的儿子和这些花草进行着他们无法知晓的对话。

"父母感觉到而没有表达出来的，作为儿子的我，要把藏在他们心里的迷雾用文字画出一个轮廓来。"

那天回到家，用电脑整理在山野上拍摄的花花草草，看到父母站在铺满金黄油菜花的野地里望着镜头微笑，心里像是被一双无形的手牵引，让我敲出了《西北草木记》这样一个题目。父母，土地，院落，写作，宿命，这些原本各自独立的世界，顺着大自然季节的变迁，顺着花开花落，在我的文字里游弋起来。

毕业后一直在漫游，福建，深圳，北京，在不同城市里流浪。《西北草木记》就像饱满的种子，沿着我漫游的足迹撒落在路上。那些零散的篇章，就像一个没有终点的主题，我用感念的心捕获，用闲散的心态去写。不解乡愁，爱的根与芽，自然的分解与重组，这些命题渐渐朝我渗透，将我镂刻，变为了我的纹理与螺旋。

意外地离开南方，又意外地来到北方，这一切都是由写作决定的。因为读的是工科，从未想到自己会从事写作，因此对写作也就从未有过任何预期。当开始踏上写作之路，才发觉心中一直隐藏的一个期望，伴生着连绵的阅读与回想，我向往着能够在一个有浓郁文化特征的城市里安居，能够安安静静工作，平平淡淡生活，能够不受任何外界干扰地写出心中的世界。

北京给过我多少的压力，因这压力自己又能结出多少果实？时间会给我一切的证明，我只是尽可能去努力，努力顶开坚硬的地表，顶开压住自己的巨石。

努力的动力完全来自内在，这让努力本身变得愉悦，窘迫和退守并没有熄灭掉写作的宽度和厚度，也没有削弱心里潜藏的意志。相反，写作的火焰熊熊燃烧起来时，越发觉得自己像个从不后顾的傻孩子。

生活的轨迹非常简单苍白，倒是写作的世界变得绚丽而繁重。因为这个缘故，除了季节的冷暖，除了钟情的花草的盛衰季，我几乎将日日身处的京城忘在了脑后。

承载着这样的压力，在梦中，因突然想到某段惊艳的文字，或者和某个虚构的人物突然相遇，这样甜美的梦里一定有过欣然，有过笑声，让我醒来时依然能够回味那种只剩轮廓的幻觉。在南方，过着没有目标、没有方向、备感压抑的生活的时候，从来没有过在梦中醒来想要笑一笑的记忆。

梦醒后，我呆坐在床上，回味刚刚如受枪击的诧异感，心里的满足感那么清晰，孤独感强烈地拥抱住我。

在北京，我开始了把国家图书馆当成自己书房的日子。这种选择如同一场踏入梦境的历险。差不多每一日都能与这个国家最富饶的书山书海相伴，灵魂在茂密的涅槃森林里激鸣，想象的翅膀一次次在山脊之上俯瞰，自己羽翼单薄的文字接受着那么多温蔼的老师们的呵护、鼓舞，接受着来自标准世界最严苛的锤炼。感到自己的无知愚拙，无力感一次次萦绕着身心。由有限时间铸成的我，好像自己手里握着无限时间的巨锤，而"我"由本体抽离，接受着被锤成碎片，又一次次聚合为命运的阴影。可以自由地尝试，向期望中不同的疆域拓展，一次次碰壁，翻身，反思。

那些看不见的压力，试图将我压碎。我拿什么来顶住这些压力，让自己安静地坐着，并在写作的重生里得到安慰？

也正是这个时候，《西北草木记》的主题如锥处囊中一般出现。我的心在压力的生成中强烈地要求刺穿包围我的坚硬和浑浊。

伴着月亮回家的夜路上，流连着凄清与冷寂。仰望头顶闪烁不定的星辰，或许是孤独中破茧出来的力量对世界发生了作用，感觉到工匠敲击的夜空向我倾斜过来，天如青玉，眨眼的微光透过宇宙的缝隙，萦绕住人的视野。

脚步走得富于弹性。

写作的过程，每一句，每一段，每一篇，如同一种呢喃，情难禁、意难绝的狂想又一次惊醒并推动了这种呢喃。再没有比这样的感觉更容易让写作中的人忘掉这个喧哗的世界了。

忘记一个世界，进入自己创造出来的世界。长久以来我梦想的世界不正是这个样子吗？

写作中，文字的草原上经历着季节的变换。在图书馆的书桌上孕育《西北草木记》，乡愁熔炼我心灵的原乡，我写着自己的愧疚和独往，那些试图呈现的世界，在文字里洞开，又闭合，闭合后，又洞开，水波一样，像个滴水神灵孕育出的娃娃。

生活总是忧伤的，对无限未知的探索总会驱散忧伤的迷雾。新的努力中的推波助澜又让生活变得幸福。始终没有忘记自己应该成为的那个样子，我挽住这个心结，仿佛要挽成一朵花。

写作的路一直在往前走，《西北草木记》是我的回望。时间在铺垫，胶着与渐变让人变得越发沉浸，汗水浇灌着脚下沉默的土地。

在西北天空的云层下面，苍灰褐绿掩映住一个院落，那个院落里生活着我的父亲母亲。当写到无力再写，因荒凉和骤冷的嘲讽紧紧缩进某个坚硬的螺壳，这个院落总会向我涌来一股股暖流，消融掉我的妥协和固化。

没有办法回报父母以荣耀，好像永远都是如此。我试图让自己跨过虚妄，这倒更让人变得虚妄了。父母兄长在我的身后，用他们的心理解并宽慰着我经历的荒芜。

　　激发我探查写作世界的纷争和灵魂的秘密的力量是什么呢？是爱的期盼？是爱的失望？还是一切终将得到抚慰呢？

　　特别要感谢为这本小书增添额外色彩的几个人，我的户外植物活动的老师和朋友们，他们是这本书的图片提供者——刘冰、彭博、马锴果、张薇、蒋老师和海豚。张薇还特别为本书绘制了精美的插图，让一本书的阅读世界变得更为自由自在。也感谢刘冰兄对植物资料的校对。衷心感谢每一位朋友无私热情毫无保留提供的帮助，是你们让这本书更贴近自然，更贴近读者。

　　感谢崇吉兄，在出版书籍之前，我们就相识于网络。《西北草木记》在写作过程中，他就提及过合作的建议，这次再版，算是再续前缘，也让我有充足的时间，将初版的文稿进行了较大规模的修改和调整，让原本纷杂的书，变得更为简明纯粹。

微饱Sunshine
2o17.2.28

萝卜歌

成年之后我们所有的努力，都是为了捡拾我们童年遗失的东西。

——[俄罗斯] 普里什文，《大地的眼睛》

嗨哟嗨哟，拔萝卜，

嗨哟嗨哟，拔不动，

老太婆，快快来，快来帮我们拔萝卜……

正唱着"萝卜歌"，然后，真的会出来一个老婆婆，不是来帮大家拔萝卜，而是要抓住偷萝卜的调皮孩子，给他一顿苦头吃。

拔萝卜的儿歌，它的发声部位在每个人的喉咙里，它的根扎在生活的土壤中，每听到这样的歌儿，它就会变成我记忆沟回里被时间的波浪冲刷的河滩。当静坐回想，歌儿的节奏在心里涌出，人生那么多值得雕刻的画面会在脑中重现。

萝卜的群落里有过我的生活，生我的土地上，各种萝卜任意地滋生。

西北早春的萝卜是水萝卜里的小红头，露出土地表面小半截的是玫瑰红，埋在土中的则呈翠玉白。玫瑰红由阳光染成，翠玉白则是冬天落向大地雪花的颜色。小红头鲜嫩多汁，甜脆中带着一点微辣，父亲喜欢拿小红头的切片做下饭的小菜，咀嚼萝卜片的声音，"喀噜，喀噜，喀噜"，这种令味蕾痴迷的节奏，能够把人的味觉一下子打开。父亲将近古稀，吃饭的时候依然离不开萝卜片，好像他的牙齿和胃口永远都那么有力。"拔根萝卜带出泥"，新拔的小红头让牙齿大半受损

萝卜

萝卜，十字花科，萝卜属。《本草纲目》上记载，上古称为芦，中古称为莱菔，后世讹为萝卜。萝卜"可生可熟，可菹可酱，可豉可醋，可糖可腊可饭，乃蔬菜中之最有益者"。

的母亲也有些贪馋了，她用手捏住一片，试着用不很稳固的牙齿咀嚼，水萝卜的碎屑里纤维少，不会套住牙齿的缝隙。但松动的牙齿咀嚼起水萝卜总不像年轻时那么自在，她有些丧气了，有些心不安地把剩余的萝卜片放回盘子里。但咀嚼萝卜的过程依然激活了她身体里埋藏的岁月，激活了她好胜的性格，激活了她和孩子们、丈夫一起度过的那些艰难又美好的时光。在饭桌边，父亲吃着萝卜片，还会教育我们，"冬吃萝卜夏吃姜，不劳医生开药方"。农谚的小河轻轻流淌，自然的万花筒，故事的魔方，萝卜的诱惑。不知不觉，餐桌上的一盘水萝卜片只剩最后的一片，这最后的一片，大家都不好意思去拿了，矜持、羞涩的罗盘沿着盘子转动。大家都想吃，谁又来收这个尾？终于，那个装得懒洋洋的手，伸到盘子里，"这片，好薄啊！"一个聪明的借口，大家心不安情不愿地暗暗松一口气。这看起来无关紧要的选择，因着家庭的积淀，影响到我观察事物的方式，影响到我处世的态度，并在日后我对生活被动而固执的选择中一再重现。

从春入夏，萝卜的味道变得越来越辛辣。夏天长长的红萝卜和鸡蛋一样圆圆的红蛋蛋，外表的玫瑰红加深了，皮肉的辛辣加重了。萝卜片的吃法也由切片变成了凉拌萝卜丝。夏日炎炎，凉拌萝卜丝的做法另有蹊跷，萝卜的辛辣，伴着苦苣菜做成的浆水，苦涩清凉拌着脆辣白丝，撒一粒粒盐在这样的萝卜丝上，平平常常的蔬菜，立刻变作弥生在舌间的美味，酸甜苦辣同时经嘴唇、牙齿、舌苔、胃肠滋润到肺腑。

贪玩的孩子会收藏有自己的萝卜故事。这些故事日后将会以不同的音调在人生路上唱出来。

记得在傍晚，放学后，操场比白天变得更加开阔，贪玩的诱惑让人不到伸手不见五指，不会想到回家。夜晚灰蒙蒙的回家路上，路两边青青麦苗黑乎乎的，

经过萝卜地，皮青肉白的圆萝卜洋娃娃一样，那苍白色像鬼影，却又让人动心。旷野里除了风几乎看不到人，左顾右盼，拔了几根萝卜提在手里。有什么样的谎言需要编撰呢？到家时，看到门虚掩着。农村的大门一到傍晚都会紧闭。虚掩，就是给自己留着门，哎呀，那半开的门可是有警告意味的。惴惴不安中挪进门，进房间，刻意把手里的萝卜让父母看："到同学家帮忙去了，这是他们家给的萝卜。"萝卜的新泥往地上掉着，父亲用指头抵着我的额头："你馍馍偷到门背后吃，自己哄自己！"我闷闷不乐地站着，手里的萝卜就像法官，懊悔的浪潮一次次席卷，如同风沙在打磨。

在路边拔一棵心灵美吃可是好事儿。心灵美是那么一种神奇的萝卜，吃它的时候，我的脑洞放开，觉得自己像一只来自宇宙的巨兽，在一口口蚕食着银河。

心灵美的肉质一层豆绿，一圈玫红，剥了皮吃，就像在吃水果。长满心灵美的萝卜地那么诱惑人，"来，我们边吃边聊吧！"我用这样的萝卜歌安慰自己。田地刚刚浇灌过水，泥土里的水果好像等着我去摘。我做了贪吃的小偷，却又不觉得自己偷过什么。

　　冬天的白萝卜，在蔬菜大棚时代来临之前，是最基本的北方冬储菜。父亲在院子里挖一个土坑，坑里整齐地埋上白萝卜和白菜。窗外白雪飘飘，坐在屋子里的人，看着电视，聊着家常，烤箱的炉膛里，火苗红彤彤的。炉子上一大口铝锅里炖着母亲拿手的烩菜。一揭锅盖，一股蒸汽扑面蒙住人的脸，烩菜中间咕咚咕咚冒着酱汁气泡，半透明的粉丝游鱼一样翻滚，萝卜片已经酥软，洋芋快被炖化，吸饱了油汤的白菜漂浮起来，猪肘子在滚烫的沸水中碎去，几根葱段，几个蒜片，几节干辣椒，都被汤水泡柔。母亲用铁勺盛上一碗又一碗……窗外的寒气被逼到世界遥远的角落。这看起来做法极为简单的烩菜，是母亲看似大大咧咧其实精打细算的性格做成的。我曾尝试去做，也吃过不同地域的烩菜，母亲烩菜的味道如此特别，它一经我的胃定义下来之后，任何方法技巧都难以复制出来。

微焙 Sunshine
2017. 3.12

志不当远，无以成志——远志

鹰、雕、鸢、鹫、鹞、隼、魈，我在一棵卑微的植物身上，看到这些猛禽的影子。

——《植物笔记》

刚刚做了父亲的男人请教乡里德高望重的老人："德叔公，孩子满月，该有一个正式的名字，想请您老给孩子起一个！"

"你希望孩子将来成为一个什么样的人？"叫德叔的老人抿了口茶，问站在眼前高高瘦瘦毕恭毕敬的年轻人。

德叔和来给孩子求名字的年轻人的父亲是老熟人，那个老人写得一笔好字，却在中年就过早谢世了。过早谢世是因为家境贫寒吧，德叔一想起这个老友，就会惋惜，"可惜了一笔好字，整个乡里没有一个人把字写得那么好，每个字都会说话，好像有了人格。"德叔家的正堂就挂着年轻人父亲的一幅字，"山仰微尘得万世之高远，海凭滴水知不老之乾坤"，落款是拾柴老人。这个见人总眯缝了眼睛堆起一张笑脸的人，在提笔写字的时候，平日里皱着的眉头，对着艰苦生活过早弯下的苦哈哈的腰都消失不见。他站得笔直，悬腕提神，毛笔在点染之间，轻快和凝重交替涌现。德叔敬重这个汉子的，不单是他的字写得好，看他写字确实是一种快活，一种享受，他的字一落到纸上，笔墨染出来的图画既像自然，也似人心，这样的字里总有一些说不出来的东西，就像有个硬物，顶在这些飞动流淌的文字的间架结构中间，顶在气韵或飞扬或内敛的字的韵味中间，那是一个人独特的人生经历在字面上所渗透出来的一种思考，但这种思考背负在苦难人生的重压当中，仿佛永远无法从一个硬壳中突破出来。一种苦闷，一种不舍，一种无奈。为什么会这样？德叔有些不明白。

见年轻人望着正堂的字有些发呆，德叔忍不住又问他："你希望你的孩子将来成为一个什么样的人？"

"没灾没病，平平安安过一辈子就可以了。"

"你爹死的时候没有给你说什么吗？他死的时候，他的这个唯一的孙子他没有看到，但毕竟你也已经结婚了，你媳妇有了孩子你爹总是知道的。"

"爹半夜死的。"年轻人好像要躲开一些纠缠着他令他不愉快的东西，但他又不得不说出来，"他死的时候并不太轻松，毕竟年纪还不大，可能他不愿意死得那么早。我爹是个有想法的人。他后半夜死的时候身边没人，即使真的有什么话，他也没办法告诉我。我在农村里就这么一辈子了，像个废物。照我爹的心思，他的孙子应该要比他更有出息吧。我不知道这个孩子跟我还是跟孩子他妈，跟孩子他妈就好，孩子他妈有脑筋。"

德叔叹了口气："给孩子的名字，我再好好想想吧。"

"德叔，我爹还有一吊字，病中的时候他说让我给您送过来，那时候太忙，一忙起来忘了，明天我给您拿过来。"

"不了，我明天到你家来拿，顺道也看看孩子，我腿脚不灵便，孩子出生到现在还没看过，我倒想去看看这个孩子。"

"要不，我明天雇个车来接你。"

被窝里的孩子身上散发出阵阵甜丝丝的奶香，一双大大的眼珠像水洗过的黑煤球一样闪动着光芒。老人把自己骨节凸显的手指塞到孩子嫩得要出水的小手里，孩子没有由来地一握，然后"哎儿，哎儿"地叫起来，像是很欢快的样子。"孩

远
志

远志，远志科，远志属，多年生草本。直立茎，高 10 ～ 30 厘米，细叶革质，紫色小花，花期5—7月。多长在荒野山地。

子的眉目额头像满月啊。"垂手站在德叔身旁的孩子妈听到这样的话，脸上放出红扑扑的光彩，高兴得像只母鹌鹑一样。

出了堂屋，年轻人搀扶着德叔往门外走，德叔却说："往那边去，你爹的屋子，我想去看看。"

年轻人的脸噗地红起来："呀，德叔公，那房子我爹过世了就一直没再开，房子里太潮，太乱——那吊字我从房间里拿出来，你在院子里光亮的地方看吧！"

"我去看看，你把门打开，我就是想看一看。"

房子里的炕上只剩一张光竹席，四壁的字画在昏暗的光线里就像深山老林里污在池沼里的黑泥，墙壁上一些亮点是积得太厚的油烟的反射光。年轻人赶快把靠着炕沿边一把积满尘土的扶手椅擦干净，让德叔公坐，又匆忙拉了房间里的电灯，25瓦灯泡昏黄的光在黑漆漆的屋子里像撑开一把透明的伞，灯亮起来的一瞬间，屋子似乎更暗。但很快，房间里的陈设，四壁的物件，像潮水退去一般浮现出来。年轻人爬上炕，把炕上靠墙的一个红漆斑驳的老木箱子打开，从中拿出一个装老字画的深绿色花棱绸的纸盒子。

"德叔公，这幅字父亲说是为您写的。"德叔皱着眉，神情有些黯淡。他打开纸盒，展开字画。"流竹飞动三春，笑梅跳上初晨；一花一世如梦，一笔一字满尘。"落款的小字德叔压低了身子去看，屋子里浮动的尘土像是落到德叔的眼里了，他按了按眼角。之后又坐正，让年轻人把纸面对着灯光的亮处，看一排排小字写下的绢书："我一生苦涩，唯有在你处得到一点知音的快乐，这幅字是我一生的写照，也是我最得意的一幅字，我把它送你，我知你会懂它，这字在你处，我死后，也会心安。"德叔看着落款上"拾柴老人"四个字，禁不住一声叹息。

出了房间，看着这个小小院落，在靠着院门的小园子里，蒲公英，荠菜，灰藜长得乱麻麻的，在这些杂草中间，几棵细叶紫花的小草不知为何变得那么显眼。

　　"啊，远志，院子里有远志，好，好，远志。"

　　年轻人好奇地看着喃喃自语的老人，德叔公转过身，对年轻人说："孩子的名字就叫远志吧！志不当远，无以成志。你爹一生努力，他性格太弱，机缘也不好，一生勤苦劳作，却又郁郁寡欢。希望你的孩子，能够将来把这远志的草种到你爹的坟头上，希望这紫花能够开得繁盛。""远志，这名字好，这名字好啊，德叔公赐的这个名字好。"年轻人对德叔所说的话懵懵懂懂，但这个名字叫起来清脆，意思也亮堂，不知道为什么，连他自己一听到这个名字也激动起来。

　　不觉过了十八个春秋。这一年的清明，小雨淅淅沥沥下着，荒山土岭上，一个清秀俊朗的年轻人来给爷爷上坟。他记得自己刚刚考上大学的时候，九十多岁的德叔祖把他和父亲一起叫到他家里去，那个银发白须的老人，正坐在炕上。一

屋子的中药味。他的父亲像对待自己的亲人一样为德叔祖端茶倒水，毕恭毕敬。炕上的老人仿佛腐朽了，一阵微风就能把他吹成碎片。

但这个病中老人的骨子里，有些东西，像是到死都不会消散。远志站在炕沿边，看着这个老人，心里说不出来为什么会产生这样一种敬重的感觉。因为这种感觉，他和老人之间有了一种不需要语言就能建立起来的亲切感。老人睁开他浑浊的眼睛，看着面前站着的少年。父亲急忙说："远志，快叫德叔祖，你的名字还是德叔祖起的！"这话已经听过好多遍了，远志还知道自己的名字来自院子里那种普普通通的小草，小草细茎细叶，黄豆大小的紫花。那花盛开的时候他专门细看过，有一股孤独的旁若无人的傲气，淡紫的颜色看上去尊贵，花像镂空的玉雕，不是一瓣一瓣的，如同开屏的蓝孔雀，又像一朵小小升腾的火焰。可能远志这个名字，正是在这样的紫色火焰里才叫起来的。

"都长这么大了。听说远志考到大学里去了。"

"嗯，考上大学了，而且在我们县里是头名，都是德叔公你名字起得好。"远志的爹高兴地说。

听到这样的话，老人的眼睛里突然闪出一道明亮的光彩。他用微笑的眼神看着站在面前的少年，看得那么细微，少年都有些羞涩了。老人伸出手，远志也顺从地把自己的手递到老人的手里。和十八年前不同，这一次是一把青春有力的手紧紧握住了苍白到没有一点血色的腐朽了的手。老人想要捏一捏，却用不上力气，有些无奈地微笑了。少年好像懂得老人的心思一般，用双手把德叔祖颤巍巍的手用力握着，有些茫然，却又觉得必须要这样做。

老人像是下了决心似的："远志，你知道你这个名字的意思吗？"少年摇了摇头。

"我把你爷爷临终送我的那幅字转送给你。你爷爷是个不一般的人，他心里有志向，却在苦难生活里被埋没了，孩子你看看这中堂的字，你爷爷写得多好。

他的字是我们乡里一绝，诗也作得好，却很少有人知道。知道的越多，在那样的年代，反而会招来人们的嘲笑，甚至招来杀身之祸。你们家那时候的日子也太苦了。'山仰微尘得万世之高远，海凭滴水知不老之乾坤'，我不知道你爷爷心里为什么有这样的话，这些话我却非常喜欢。我转送的你爷爷的这幅字里，也有说不出来的辛酸和骨气，一个人骨子里无志，笔下、脚下就会无神，给你起名远志，我总觉得，其实不是我给你起的，而是你的爷爷托了字画让我给你起的，这里头的意思不象字面上那么简单，你将来好好努力，慢慢去体会。孩子，你的爷爷如果活到现在，看到你，他的笔下一定会有新的句子。至少，即使他过早地死了，但他也值得欣慰。"

远志听着德叔祖的话，觉得德叔祖不只是在说给自己听，而是在和自己的爷爷对话。他转头看着中堂上的那些字，远志花的紫色好像也浸染到这两句诗盘绕的空间里来。

"浅草远志的世界不只是微物细草，还有迎着太阳的星辰吧！"对草本远志的印象在他心里有了些改观。

遵照爹的嘱咐，或者，即使爹不用嘱咐，遵照心和心之间的嘱托，他也要把一束盛开了远志的花束放在爷爷的坟头。从没有见过面的爷爷，正因为从没有见过面，他倒觉得这个爷爷，有时候是个遥远的老人，有时候又如近在身旁的兄弟。

"远志，花开花落，既收藏了阴霾，也穿越过阳光，远志必须是打开一切界限，远志也必须是步步不离开自己生长的土地吧。"他站在爷爷的坟头沉默了。

"远志，远志，回家吃饭了。"远处，一个女孩子清脆的声音落在眼前细小的草叶和花蕾上，一缕风吹过，草叶和花蕾都微微抖动起来。

"知道了，就来了。"少年的声音夹杂在风里，穿过寂静的四野，仿佛大地的回声。

蘑菇王的童话

　　"有蘑菇吗？有新蘑菇吗……"一群孩子像小鸭子一样围在手臂上挎了篮子的大娘周围。

　　"好，好。不要挤啊……唉，只能看，不要用手捏，嫩蘑菇会捏碎的。"

　　盖着篮子的花布下面，带着土腥气的蘑菇和孩子们的好奇心像久别相逢的故人，拥抱在一起。

——民间故事

　　雨浇透山野、草原和森林，就如同童话穿过世界。

　　雨下过不久，半阴半湿的矮墙边，外婆指着顶出地面的一片鹌鹑蛋一样的白蘑菇："看，看，马皮泡出来了。"圆圆的蘑菇顶开阴湿的地面，洁白的菌盖像要从地面上滚动起来，深褐色的土粒镶在马皮泡洁白的表皮上。马皮泡这个名字，相连着"马屁精"——这个暗含一点贬义的名字，让人感觉到它的怪诞，奇异。等到阳光把枯叶和地表晒透，马皮泡的表皮变为土褐色，用手指轻戳马皮泡，表皮顶部"噗"的一声破裂，从中喷出灰色的烟雾，像是有个怪物从一个密闭空间里被释放出来。

　　"婆，马皮泡能吃吗？"

　　"能吃。但山上有各种各样的蘑菇，有些毒死过人，野外的蘑菇可不能乱摘来吃。"有关蘑菇毒死人的警示和她那么紧张的口气造成了我对蘑菇的第一印象。旅行中，在农家小院吃到过各种各样的野蘑菇。随着认识的积累，我曾试着识别各种菌类。

外婆给我最早建立起来的马皮泡的概念，类似于一个童话，好像土地是一个满肚子都是故事的怪物，借着对枯枝败叶的分解，它会把故事装到马皮泡的身体里。从土地深处冒出来的，不仅仅是撑着小伞的生命，更是一个个会移动的故事盒子。当我用真菌、担子菌、菌丝、子实体这类感念来理解蘑菇，蘑菇的想象世界和童话意味立刻飘散了。我为自己长大了，能精确定位事物本身，感到了一种失落。

"呀，还有蘑菇王，很大很大，锅盖一样。"这是外婆眼里的蘑菇，她心里珍藏的陈年旧事里，蘑菇像是从大地裂缝里钻出来的奇迹。我喜欢听她讲这样的未知世界，被打开的想象之门笼罩住我童年的混沌。

"蘑菇王长在哪里？是什么样子？"

"能找到蘑菇王的人，一家人几天都不会挨饿，那是有福的人。"出生于1900年的外婆，她的身体里不仅装着战争、灾难、死亡和苦痛，还有很多我闻所未闻的故事和传奇，这些故事时常在聊天当中，从她嘴里不经意地流淌出来。我难以体会，为什么几天不挨饿，就能成为一个有福的人？我只能去认知，而难以理解那个骇人的年月，从午夜到黎明，极度的饥荒，会让死人铺满街巷。那时候，一把稻米就是任何金银财宝换不来的财富。这样的岁月里，雨过天晴，一挂彩虹穿越云层下面的蓝天，一棵闪着白光的硕大蘑菇，神灵一般降世，把一家人从死亡中拉回。在饿得快要倒毙的人眼里，这蘑菇像是因信仰和祈祷得来。

外婆嘴里那么大的蘑菇立在我想象力的边界上，我无限神往地问："婆，这个世界上真的有蘑菇王吗？"

"咋没，只不过见的人少。蘑菇王不是随便什么人都能见到的。"积善积德，世上冥冥有神灵，半信半疑中，大自然对我显得神秘莫测。

我的旅行总是和植物有关，荒野的宁静让人喜欢，茂密的树叶中间，清冽的

蘑菇

蘑菇，属于真菌门，担子菌亚门，层菌纲，伞菌目，蘑菇科，蘑菇属。有"植物肉"的美称。

空气中弥漫着甘甜。原始森林里能遇到各种各样想象之外的奇迹，被一尺见方的美味牛肝菌堵住道路，千年针叶林中脸盘大的鲜艳红蘑就像巫师魔杖上的宝石，落叶松林下面成片的黄珊瑚菌就像埋藏在地下多年的魔幻城堡……我脑子里一直带着外婆说过的蘑菇王的样子，来印证在大自然中和菌子们的种种相遇，那朵能够带来幸福的蘑菇云，那种无法预知的相遇，行走在密林和潮湿的路上，总是敲打着我的心。但我从未见过所谓的蘑菇王，蘑菇王就像一个遥远的幻觉，外婆用神秘的方式把它讲出来，就注定和它相遇的方式同样也是神秘的。

我在枯草的路边发现过一圈的口蘑，样子灰不溜秋的小鬼伞从朽木上冒出来，枯死的断枝和朽木下面，成片的白杨乳蘑上，蚂蚁在搬运它们切割的美食……野草密布的荒野，微风吹动，水珠在草尖上滚落，草下潮湿的腐质层里，萌发的菌丝到处游走，在某个聚集的点上，就会突现涌出一片蜡黄的鸡油菌。这些菌子是森林得以繁盛的幽灵，是让生机涌动起来的隐士，它们在雨丝中萌发，在阳光下枯萎，做着鸟兽昆虫们的点心。森林这本书因为菌类变得丰厚。

外婆去世几年后，机缘巧合，大哥学会了种植食用菌，那个时候父母正年富力强，一家人用一种憧憬美好生活的激情，在半亩见方的院子里建造了一个种植蘑菇的大棚，没日没夜地劳作。棉籽壳里萌发的菌丝，就像受到了地母的祝福。勤苦的劳作把看不见的活力种到赋予希望和光明的植物身上。凤尾菇，佛罗里达平菇，一层盖过一层地长满院子里铺满棉籽壳的菌床上。毛茸茸的猴头菇，苗条的金针菇，酷酷的巧克力一样的香菇，与神话和冥想靠得如此近的黑木耳和灵芝……我的少年时期有过一段呼唤蘑菇的神奇季节。夜晚只有拇指大小的蘑菇，天亮时，往往会长到无法预料的惊人程度。

大概就是在这样的时候，我看到了蘑菇王的幻影。有一天清晨，在菌床上，盛开出一簇凤尾菇的莲花，那一簇如此惊人，几乎难以想象夜晚在湿漉漉的菌床

上发生过怎样激情洋溢的事情。我张开手臂丈量那簇凤尾菇的直径，凤尾菇暗灰色的表皮里，散发出一股沁人心脾的清香，它的生命力在我眼前好像还在继续扩展，晶莹的菌褶中间渗出来透明的蜜露，轻轻敲一下伞盖，蜜露哗啦啦滚落下来。我是个壮实的少年，但要让我不去损伤地把它抱起来，还真不敢说有这样的勇气。辛苦而得的果实，将生长的奥秘超越性地撑开。那是我所见过能和心中蘑菇王对应起来的最大的蘑菇。一上集市，就被人疯抢。

写作间隙，妈妈把一杯热茶放到我的面前。茶叶中间，泛着金红色光泽的，是妈妈用灵芝切成的碎片。种植蘑菇早已成为了历史，种植的灵芝家中收藏了一部分。我喝着热茶，想起外婆的蘑菇王，想起亲手种出的蘑菇王，还有此刻在笔下浮现的蘑菇王。

当代俄罗斯著名作家尤里·波里亚科夫写过一部长篇小说《蘑菇王》，俄罗斯大地上关于蘑菇王的童话一下子冲入我的视野。

"不，这不是剥皮的树干，而是一棵半米高的巨大的美味牛肝菌，灰里透黄的粗壮的蘑菇腿像猛犸的长牙雕琢成的一般，发亮的巨形蘑菇帽，尺寸不亚于小汽车的轮子。蘑菇帽的边缘微微上翘，露出无数蜂窝一样黄中透绿的孔洞……是的，这是蘑菇王，真正的蘑菇王！"

尤里·波里亚科夫在小说里描写的蘑菇王和我想象中的蘑菇王是不是一样？

我回味着基于想象和真实重合的影像，回味着蘑菇王里埋藏的故事之门。在风雨中，穿透狂风，浸透暴雨，生活也被战争和自然灾难的巨浪冲毁。蘑菇王这样的时候在眼前出现，意味着什么？意味着一种生命的延续，还是一种救赎？小说结尾处，瘫了一地，令人作呕的蘑菇王，它的身体黏液里蠕动着蛆虫。这里头包含着尤里·波里亚科夫对俄罗斯变革困境的痛苦反思，原本满怀希望的蘑菇王又成为贪婪腐朽的幻影。

我一直相信，蘑菇王的童话是真实的，写作会进入人类灵魂最柔软的部位，没有一颗孩子的心，没有一双智者的眼睛，写作的意义就会日渐枯竭。外婆说蘑菇王是真的，而我一直相信这种真实，外婆附赠给我的生命的神秘，让我知道敬畏在生命里的价值。蘑菇王就像一个美好的童话，它跃过外婆讲述的饥荒年月，跃过劳作与汗珠里真实的磨砺。

记得外婆曾说：

"绿颜色的蘑菇一定不要去采。"

"有毒吗？"

"那毒物，吃了会收人命。"

我纵身跃过童话的栅栏，走上荆棘遍野的荒地，对蘑菇王的憧憬更加强烈了。

胡杨的隐喻

"生，千年不死；死，千年不倒；倒，千年不朽。"

——谚语

为什么要给胡杨赋予一种人格？

走进胡杨林，就会觉得自然里的这片林木在发出一种幽远无声的呼唤，这呼唤不单纯由自然的景观因纯美震撼而产生，而是在血脉里，合着生命的节拍，走入自身的内在世界，我们从一片山林，听到了自己的心跳声，这别样感觉引起了心灵的惊栗，深深怀想，触动了灵魂的心房。

走过胡杨林的通道，脚步声唰唰响，眼前胡杨硬挺的躯干挤开半开半闭的空间，好像我们的脉搏和胡杨林的脉搏一起跳动。正是感觉到了不安、欣慰、喜悦、忧伤、苦涩，生的五味穿过我们的躯体，胡杨林的早春和深秋才会在如此静默广阔的平面上和我们的灵魂相遇。

穿越胡杨金海，胡杨林的隐喻遍布秋野，唰啦啦的声音像是从我们的身体上剥离下来的。走过这样神圣庄严的景色，好像在走过一场胜利的归来和重整的出发。我们自己对人生也一定这么强烈地期盼过。那一刻，漫步中的人和胡杨林，相互交融。

但胡杨林还有另一副面目，在沙海深处，走入胡杨林的坟场，在荒漠中连废墟也被卷成细沙的地方，胡杨林在这里凝固住自己灵魂的另一副样子。这种场所，呈现在我们眼前的，是一场旷日持久的人与自然的战争，死亡其实早已发生，但

胡杨

胡杨，杨柳科，杨属，俗名异叶杨、三叶树、胡桐。喜光，耐热，耐旱，耐盐碱。胡杨是古老的树种，6000万年以前就已经在地球上生存，维吾尔语里胡杨叫托克拉克，意为"最美丽的树"。西汉时期，楼兰地区"胡桐（即胡杨）遍野，而成深林"，现在只剩一片戈壁。

结局却迟迟没有到来。任何一场斗争都不存在真正的胜利者。所谓胡杨的死林，就是胡杨林在自然的风销雨蚀中从未退缩保持下来的孤独姿态。胡杨没有过朽木一说。胡杨的硬骨，就像是人类虬枝崩裂的命运的一种对应物，可以作为人类抗争命运的象征标本。

　　春天走入胡杨林，就像走入一片葱绿的锦绣，扑面的春风，在绿杨的叶子中间穿过，如梳子插入发丝。紧靠胡杨林的，是线条鬼魅妖冶的沙丘，沙丘好像要无情地夺取眼前的娇媚。但，有看不见的根，扎向地层深处，这是胡杨身上柔韧生命的另一种秉性，这秉性不属于沙漠，也不属于风，它属于胡杨千万年在沙海里存活下来的智慧。地层的硬度，还有盐碱地里积水的苦涩，胡杨用自己的根去检测，这根就是胡杨行走的脚印，它迈进泥泞，踏入沟壑，它走进迷阵，冲进死谷。一部分根会死去，死在沙土深处，这些死亡凝聚起来的勇气悄悄渗进了筋骨。一部分延伸并充满活力的根须，穿过一条条满是死灵的河流，也就穿过了一道道时间的界壁。这种穿越在基因里变为一种传承，能够让大自然重新审视胡杨的绿叶。春天里，胡杨的叶子上也能看到它迎接阳光对抗风沙的智慧。长枝上的叶子，细长而妖娆，短枝部分的叶子则呈卵圆或者宽扁，叶子的变化，是适应环境而来，严酷的环境，斗争激烈，由斗争保全下来的生命，长出了一份雅致。美之于孕育是迎接，美之于剥夺和杀戮是喝阻。胡杨就这样让自己身居柔韧，穿上了铠甲。

　　秋风飒飒，风卷起胡杨的叶子，树叶哗哗响，如同生命翻腾起来的母性。它在卫护一片生命的河湾，金戈铁马，万马奔腾，也在所不惜。这种壮观的景象，让人想到历史深处的时光，想起马蹄下面翻腾的尘雾，想起奔流的热血中凝固下来的家与国的灵魂的结晶。无数守护者的热血流进沙土，流进根系，转化为大地的眷恋，生命的爱慕，金色闪光的胡杨林，在秋风里燃烧起来。这种寂静的烈焰，让沙漠里飘荡的死气，显出陷阱无法得逞的狡容和失望。

　　绿色的根脉，延伸到金色的火焰，再渗透到钢铁般的树干里，如同栅栏一样守护着心里的某种承诺，这让它自然而然显出固执的性情。它在没有雨的雨季里寻找水，在呼号的风里饮着战鼓一样的风沙，武器的锋芒和战士的骸骨淹没在流沙的缝隙里。那个酷烈的环境，生命遇沙而沉，黑暗的地层吞没白昼的喘息。

　　但胡杨林还在，春上，能看到绿色染透黄沙。秋天，沙漠啊，看一看，那片燃烧的金海。伴着胡杨生活的人是苦涩的。但，正因为在沙漠边上和胡杨一起生活过，才能体会到胡杨林深处传来的呼唤，才能理解因这呼唤而起的应答：

　　"我经历过，我坚持过，我存在过……"

　　"……我经历过，我坚持过，我存在过……"

　　听着这样的回音，胡杨林的生命，会在人的心里点燃不屈的意志。

　　在人迹罕至的戈壁上，胡杨的死海里，铺满了裸露在沙石上腐朽的树干和残根，这些胡杨生命碎片上的音符，曾经标识着胡杨的低音和高音，一棵胡杨死去了，它还在继续谱写着自己生命的曲谱。让我们倾听，在死亡之后，紧随生命的音符脱落在地，洒满了黄沙扑面阴风阵阵的死谷。但这些音符好像并未消散，它们依然在证明着一种可能性：死，只是肉体的结束，精神的微火，还在世上保有其存在的尊严。活着时精神凝聚在躯体里，死后，又从这个躯体里被释放，被万千的生命承接。死海一般的胡杨林里，到处能看到灵魂的舞蹈，这舞蹈见证着沙漠对生命的无力。

　　深入到死谷的腹地，跟随岁月射出的箭矢，能清晰看到，死去胡杨的树干上，树皮在时间里如何断成寸骨，树干又被风雨剥蚀成水纹山序一样的脉络，这些万纹之躯倒塌后，盖住沙土。光秃秃的躯干上，暴露出金铁一样的纹饰，沙砾击打在这样的树干上，发出令人惊心的鼓声。这鼓声随风传播开去，在丝绸一样的沙面上划出流动的线条。

　　生命力澎湃的胡杨林会听到这样的鼓声，斗马惊魂的旅人会听到这样的鼓声。千年不倒的胡杨的身体里，是有鼓声的；千年不朽的胡杨的身体上，是有纹饰的。这鼓声，带着苦难的敲打，包含着深沉厚重的传承；这鼓声，在鸟鸣叶动的间隙中听到，在文字和古迹损毁的暗痕里听到。纹饰也是一种传承；它可能是一种颜色，几行线条，一段字迹，颜色染进我们的血液，线条像飞箭一样穿透我们的身心，而文字，将使生死得以凝聚和保存。这鼓声里，这纹饰里，曾经跳动过的心，变成了这片大地得以繁盛的原因，一代代固守根本，任何死难都不容忘却。

苦苣的乡愁

哎吆吆，什么东西这么美，这么明，这么亮！

哎吆吆，山野处处在歌唱。

哎吆吆，这是多么美好的时光！

——民谣

"中午吃什么？"

"浆水面。"

母亲隔着门帘问我时，我想都不想，多数时候都是这么回答。西北黄土高原浸透着干旱和清苦，不知有多少人是吃着浆水面长大的。从小吃到大，从大吃到老，浆水面做过多少人乡愁里的五彩云石，做过舌苔调性上不会轻易变更的那道音律。

带着原始天性和后天驯养的食物记忆，对每个人的生命镌刻都将至为深刻。得自童年的味觉，启蒙了我们口舌上感知世界最强烈最敏锐的欲念，这种不会轻易更改的欲念，会伴随我们行走天涯，凝聚成一个辨别文明和地域标识的清晰印记，这印记有时候会被时间凝结成诗，有时候通过经历锻造成富有战斗力的思想。经历欲望之海时，童年的记忆似乎淡化了，年老之后，舌苔的记忆又会显形，将生命的过往重复覆盖。

不管生活怎样继续，精神上有怎样的波澜，我的味觉似乎一直没有大的变动。无论身处何地，浆水面滋味里的清凉苦涩，总像一个锚停了船舶的码头，能够给我带来逼迫之外宁静的柔韧，宽和的微笑。在居住过的每一座城市里，去寻找浆水面的隐秘之旅，就像我在这座城市里找到了根的所在。

苦苣是菊科苦苣菜属一年生草本植物。用家乡话发音，听起来如同"苦裙"，从音节上，"苦裙"的感觉，有种天生自带悲剧感的庄严和神奇。美的苦韵，不正是纯粹灵魂的特质，生命的嬗变，命运的叵测，赋予人类文明史充满无限挑战的五彩斑斓？"苦裙"这个名字同时包含了挑战理想和挑战现实的两面，苦裙还有一种天然乐观的姿态，不是苦中作乐，而是苦中涅槃。"苦裙"很像一首诗名，一种植物，一种乡情，沉淀着来自生活金子般的沉默，让人心翻腾。

春夏时节，苦苣的细根在松软的土层里复活，开始繁茂地生长。苦苣刚刚顶出地面的嫩芽，和它埋在浅土里白玉般的细根，是制作苦苣浆水面的上品。小时候，和两个哥哥，起个大早，背上背篓，爬上山顶，山顶有个流淌山泉的水洼，水洼流向山下的水道两边，长满了茂密的苦苣。从太阳刚刚冒尖到阳光照干露珠，我们背着装满苦苣的背篓，兴高采烈走在回家的路上。

苦苣的嫩苗，叶子折断会分泌出白色的汁液，这汁液是苦苣苦味的来源。洗干净嫩苗，在开水里焯过，放到凉水里一过，从水里捞出，挤干水分，捏成菜疙瘩。用面粉烧成清汤，把苦苣菜疙瘩氽入清汤，搅拌均匀，装入大瓷缸，用一块青石压上汤面，用盖子盖好瓷缸（不用密封）。发酵两三天，揭开缸盖，缸面上能看到细白的菌花，浆水呈乳白色，尝起来味道酸涩淡苦。

浆水面的朴实无华里渗透着苦苣的身影。

猜想，浆水面最初应该来自于天灾人祸生灵涂炭年月里的一种偶然。苦苣就适宜在干旱、粗砂的土质里生长。它苦涩的叶子连猪羊都不愿啃食。但饥荒年月，人们几乎吃尽了土里长出来的一切东西。一点吃剩的苦苣的残汤，几天后，有人去吃残留在汤盆里发霉的食物，惊讶地发现，口味完全改变，一种清凉的甘美取代了苦苣原有的苦涩。于是，苦苣进入了人们日常的生活，并将人舌头上的智慧

苣荬菜

苣荬菜，俗名苦苣，西北方言又叫苦裙，菊科，苦苣菜属，多生在山坡、谷地和沙土中，花期5—12月。《诗经·邶风·谷风》中有"谁谓荼苦，其味如荠"之说，荼，指苣荬菜，吃法多种多样，可凉拌、做汤，或加工酸菜，制成消暑饮料。

激发出了新意。

好吃的浆水面永远都在农家而不在馆子里。浆水面，需要有老道妇人的手擀出的筋道的手擀面，面条要切得如织毛衣的竹签。用作浆水面的浆水要清而不浊。下饭的炒菜，最好一碟酱油和盐腌制的嫩辣椒末，或者切碎的韭菜屑。不管生活是艰苦还是富足，浆水面都那么志得意满地成为了西北这片土地上老百姓常吃不厌的面食。

常记起父母关于浆水面的一段对话：

胖胖的血压微高的母亲，把自己血压平稳身体健康归结到常吃的浆水面上。她当着我们的面怪怨清瘦的父亲："看看你爸，我就是喝凉水都长肉，把猪赶到你爸屁股里，就这德行。"听到这样的话，大家笑起来。这个时候，父亲会嘴里

嘟囔："跟着你天天吃浆水面，怎么长得肥！"

　　自己安之若怡着苦苣菜一般的清苦，对应着心中的寂静，好像这寂静的峡谷里会传来轰隆隆的回音。

一个半真半假的故事——三色堇

课堂上，困惑的学生问教授："老师，什么是民间？"

教授说："民间，指向本源之物。有粗糙感，又是鲜活的。"

——《北大讲稿》

关于三色堇，母亲讲给我一个乡间神话，这神话解释了这个世界上为什么会有三色堇这样一种植物。用这种方式来解释一种植物在自然界的存在未必妥当，却要比植物学、考古学和地球进化史上的解释来得具体亲切，甚至有时候，我倒真希望，长在自然里的三色堇就是这样来的。

院子里的三色堇开得正好，我问母亲："妈，三色堇这样的植物真怪，一株植物身上能开出不同颜色的花来。"

"这花儿的颜色里有故事。"

"什么故事？"

"正忙，哪有闲心说那个。"

到她闲下来的时候，就开始讲了。

村头王老汉有个儿子叫椿福，老汉缩头缩脑，长得像个瘦猴，不知道哪个祖上积了德，从山外边跑货郎的时候捡来个人高马大亮亮堂堂的女人。儿子椿福长得像他妈，不像他大大 [1]。儿子长到三岁，椿福妈得重病死了。为给女人看病，王老汉把所有的家底该卖的卖，能抵押的都抵押了。命苦人好命来了也拿不到手里，女人最后还是走了。老汉儿子两个人一起过苦日子。

椿福七岁的时候，家里来了个化缘的道人，喝了王老汉一杯水后，对老汉说："你的这个娃和我有缘，我看你养活这个娃也辛苦，我带娃出家吧。"

王老汉说："这个不行，我家还没后，就这么一个娃，跟着你走了，我家就绝后了。"

道人说："这样把，到椿福十八岁的时候，我让他回来，成家立业养活你，你看怎么样？"

病快快的王老汉，他总担心自己一旦不在了，自己的娃在这个世上依靠谁？听了道人的话，无奈之下，就答应了道人的请求。

道人走后，王老汉的身子骨却逐渐硬朗起来，病也消了，能够干些活儿，自己养活自己，日子也就这么过下来。

不知不觉十一年过去了。王老汉算着儿子十八岁的时候应该归家，从年头等到年尾，一年将尽，王老汉有些绝望了。一天晚上，他在村头看着天黑得像老人的眼，麻得快看不见的时候，远处一个黑幽幽的影子走到他身边，叫了声："大。"把王老汉惊得跳起来。但他知道，终于等来了自己的儿子。

十八岁的儿子长得高大、俊朗，眉目开阔，说话待人礼数周到，乡里人都说，王老汉的儿子成了个人，王老汉的苦日子到头了。但这个儿子就是怪，一直陪着老汉过日子，四五个年头过去了，从来不提成家的事。乡里邻居一拨一拨给王老汉来提亲，都被儿子拒绝了。晚上没人的时候，王老汉问娃："椿福，你是外头有人了吗？你外头有人了，我就不给你张罗了，你外头没人，咱们就安安心心成

1　西北方言，"大大"就是指爹。

个家，你看你都这么大了，再不成家，怕是没人敢把女儿嫁到咱家了。"椿福说的话让王老汉摸不着头脑："大，如果我一结婚，我怕就不能伺候你老人家了。""咋了？"王老汉这么问的时候，椿福不言语，可把老汉急坏了。

有一天，吃过晚饭，椿福对王老汉说："大，你给我说个媳妇吧。"

"你要哪家的媳妇，东不成，西不成，现在还有哪家的女儿愿意给你当媳妇！"

"小时候和我一起长大的堆秀，她家男人遭难了，现在一个人过日子，你把她给我说下来。"

王老汉一问，果然，二话没说，成了。

但是，结婚一月之后，椿福说："我可能要往师傅那里去一趟，时间长短说不清，你们不要挂念，堆秀要把大大伺候好，这是我的心愿。"王老汉觉得椿福的话里有话，女人堆秀也说，你要走得时间太长，我就去找你。

椿福走了半年后，给家里来了信，信上说，我已经出家，无法再伺候大了，堆秀是个好媳妇，我这样走，太对不住你。我从小就喜欢你，回到乡里，看到你出嫁了，也就死了娶别人的心，后来你家里遭难，男人死了，一个人孤零零地过，我既为你难过，又心里火起，就把你娶到家。和你在一起过了些幸福日子，我在尘世所有的愿望也都了却了。如果你想改嫁，我信里有印信，可以把我们的婚姻解除，如果你愿意替我照顾咱们大大的晚年，并且愿意呆在家里，你到明年下春雪的时节到离家八百里的椿秀山来一趟，我把你我人生最后未了的心愿还给你。

王老汉对儿媳妇说："你们俩最后未了的心愿是啥？"堆秀臊了个大红脸，愣愣地不知道该给王老汉说啥。

堆秀等了一冬天，冬天下了些薄雪，刚到春上，雪哗哗地像雨一样下出响声来了（我问母亲，雪不是唰唰地下吗，怎么还会下得像雨一样？母亲说，雪把春天树股子都压断了，不是和雨一样吗？母亲的话让人奇怪，那是怎样的春雪，阳

光的尺子都量不过来的雪吧）。堆秀一看到春雪，立马背上包裹，带上椿福爱吃的水果点心油果子就要出门，王老汉吓坏了："这么大的雪，我的娃，等雪停了，路好走了，你再上路，去看椿福的事又不是啥急事情，耽搁几天不碍什么事啊！"堆秀心里可像点起了一把大火，她表面上说："好，大大，听你的。"晚上却一直睁着眼睛醒到天明，心把窗外的雪地踏了不知道多少遍。

有一晚上，实在忍不住，就给王老汉留了个字条，背上包袱，向着椿福信上说的椿秀山的方向跑去。

堆秀跑到椿秀山的山下的时候，雪刚好停了。太阳一照，雪水开始消融。好大一座山，堆秀眼都看麻了，这天杀的椿福，不是把我骗了吧！骗到这看不到边的鬼地方来，把我心里的火气消一消，然后回家，他的心上就安然了。

她在山边上的小村子里一打听，知道椿秀山五百里深山里有一处道观，"道观里都是好人啊。"听百姓这么一说，堆秀的心就放下了，椿福没骗我，我没黑没明的八百里的路没白跑。

她准备了些食物，然后开始寻找上山的路。在进山的山口上，碰到一个小童子，小童子眉目清秀，堆秀觉得眼熟，对啊，像是少年椿福愣头愣脑的样子。小童子给了她一杯水喝，指了一条上山的路，就独自上山了。堆秀原本还想着感谢一下小童子，看他进山，又想随着他一起上山，可是小童子走得太快，像烟一样几个拐弯就被树林子淹没了。

到山的中道，背的东西几乎都吃光了，想着如果要饿死，就先把给椿福的一点东西吃了，但忍了几忍又舍不得吃，走了这么远的路，为的是啥，还不是为了让椿福吃上一口自己亲手做的油疙瘩，吃上一口家乡的山果果吗？这个时候，路边上碰到一个青年道人，好像被抓野兽设的陷阱的尖刺刺伤了，刚刚脱困出来，饿得快不行了。堆秀也顾不上多少，就把油果子拿出来让受伤的人吃，挖了树枝

三色堇

三色堇，堇菜科，堇菜属，二年或多年生草本。三色堇是欧洲常见的野生花卉，是冰岛、波兰的国花，同一朵花上常呈现紫、白、黄三色，故叫三色堇。耐寒，喜凉爽，别名人面花、猫脸花、阳蝶花、蝴蝶花、鬼脸花。

上的积雪让受伤的人吃，又撕了些布条子，给受伤的人包扎了流血的伤口，找了枯死的树枝给受伤的人做拐杖。因为心里牵挂着那个深山里的人，她隐约把这个受伤身处难中的青年道人当作自己心里的那个人来对待。青年挂上拐杖，说自己有其他的事情，两人不能同路，就各自上路了。在路上，堆秀还担心那个独自上路的青年道士，"他一路上可不要再受什么伤害才好！"

终于在一个黄昏，堆秀到了道观的山门前，山门前积着老厚老厚的雪，石头台阶上一个驼背老人正在把积雪扫到路的两旁。堆秀问老人："老师傅，这个道观是椿秀山上最大的道观吗？""是啊。施主来这里烧香吗？路太难走了，我来为你把路上的雪扫干净！""我来找人，找一个叫椿福的，他给家里来信说自己在这里出家了，不能回家，让我在这里来见他一面。""只要你来，心愿都能了。春天，还下这么大雪，一路上很辛苦吧。""有些辛苦，也不觉得辛苦，家在农村，辛苦惯了。"老道人一直没有抬头，只是把进山的道路一直扫着，堆秀紧跟在他身后，对他真是感激不尽。

进山门前，堆秀给驼背老人躬身一拜："感谢老师傅，我们走了这些台阶，是我这一路上走得最舒服最轻松的一段路。"老师傅也向堆秀躬身一拜，说："为你扫这一段路，也是我愿意做的事情。希望施主能够找到你要找的人，也不枉走一场远路。"

到大堂，堆秀看到一个高高大大，头上挽着发髻，胡子白如雪的老人，正笑盈盈地在大堂中间等着他。

堆秀说："道长，我是来找椿福的，你这里有个叫椿福的人吗？"

老人说："椿福就是我的徒弟，他和你的尘缘，刚才一路上他已经还给你了。"

"可是，上山的路上，我并没有碰到椿福啊！"

"那个给你一杯水的少年，是从少年起对你一直记挂的椿福。你半山碰到的青年，是在凡尘最后舍不下你的椿福，他因为牵挂你才受了伤，那伤是因为你才受的，你救了他，看护他，牵挂他，也是椿福在牵挂着你。入山门的那个驼背老人是椿福的老年，他为你扫一路雪，是他对你的感激。他说他的最后的心愿就在这一朵花里。"

老人的手上是一株长得嫩绿的植物，植物一转眼的工夫又开出一朵花来，花瓣上竟然有白色、黄色、紫色三种不同的颜色，每种颜色都被一团光晕包围着。老人说，"这花叫三色堇，是因为你们的尘缘应时而生的花，世间每种植物都是因地缘、人缘、天缘三缘际会而出现的。这花给你，他说，这样，你和他之间的心愿就能够了结了。"

堆秀空落落地走出山门，望着山门前清扫得干干净净的台阶，然后在半山上，望着那个坐过受伤人的树桩，山脚边，她又望着曾经拐弯走出童子的几个树杈杈。每到一个地方，她都要失神好半天。

回到家，不到半年，堆秀就怀了身孕。堆秀没有再嫁，一直照顾王老汉到死。她家的后院里种了满园子的三色堇，这个俊秀朴实的女人一直到死都守着她三色堇的园子。一到春上发芽，春末开花，三色堇的花就盛开在园子里，惹来蝴蝶蜜蜂无数。堆秀生了一个让五乡四邻都羡慕的儿子。后来人们听说这花的故事，好多女人都来她家要三色堇的种子。说，三色堇是福物啊。

"故事讲完了？"

"嗯，讲完了。"

"城市里这样的三色堇摆得到处都是，没什么稀奇的啊。"我对妈妈说。

我妈讲的三色堇的故事就这样。我问，这是老爱情故事，还是神话故事？

"什么故事啊，这是真的！"

植物学上怎么说三色堇的？堇菜科堇菜属，又叫蝴蝶花。干巴巴的。但我妈说这故事是真的，我可就不同意了。说实话，这个故事的版权还是属于我妈的，怎么能够和创造故事的人讨论故事的真假呢，你说，是吧？

柽柳

柽柳，柽柳科，柽柳属，别名垂丝柳，西河柳，红柳，落叶小灌木。《尔雅》：柽，河柳也。雨将至，枝条下垂如雨丝，因此又名雨师。

"上通天，下通地" ——柽柳

没有动物植物，人类会是什么？

如果动物植物绝种断根，

人类也会失去存在的理由。

因为人类会步其后尘，

遭受灭绝的命运。

万物都有关联，一损俱损。

不管世上发生什么事情，

人与动物植物都是地球的子孙。

——1855年，一北美印第安酋长写给美国总统的一封信里引述的诗句

柽柳塬 [1]

车一进入戈壁，脱离开都市楼群烦琐的细节，脱离黄土丘陵舒缓流动的视界，眼前一个简洁宏阔的空间扑面而来。无尽的戈壁，逐渐将进入其中的人推到两重选择的境地：要么在单调的漠视当中，随车身摇晃，昏昏欲睡中沉入梦乡；要么，不可避免地，看黄沙和碎石无数次冲击眼睑，孤独和无助会和窗外连天的苍凉相互呼应，把观望的人推入一种唯美的悲感。高速公路上，车轮转得越快，人会越

---

1 塬，西北黄土高原的一种地貌，四周被流水冲成沟，中间凸起呈台状，边缘陡峭，顶上平坦。

发觉得这世界处于一种静止。蓝天和沙地组成一个微微张开的贝壳，而人正被这贝壳的两扇贝页钳制。

眼前，天空的明蓝和戈壁沙地的苍灰，几乎吞噬了所有的色彩。人在这种时候大脑最容易呆滞。人在呆滞的时候，头脑中乱絮一样的事情会一件一件冒出来。天地宁静，出租车司机专心开着车，偶尔和我扯几句闲话。我试图把大脑中的乱世一点一点归纳到太平的年月。

车子突然一下子颠簸跃起，我被颠得屁股脱离了座位。空旷、笔直、平整的戈壁大道上，路面中间的碎石是从哪里来的？身子悬空跌回座位，把我从恍然中带到现实。跌成一地碎末的时光，正急速带着我朝前冲去。周边的沙土里，沙浪的线条狂野无声地滚动着。时空似乎不在。干裂的空气中响着楼兰的战歌，空无一人热气腾腾的路面上，昔日西域骆驼骡马拥挤而繁忙的铃铛声清脆地响起。

但是，戈壁并非只有死寂，况且我要去的地方是沙漠中一块生机勃勃以葡萄的甘甜闻名于世的绿洲。车子在行进中，司机突然指着路边的一蓬窜入视野来的植物说："哎，师傅，你不是喜欢花花草草嘛，这是沙漠里有名的红柳。"

逼人的红柳突然给安静的氛围加入了富于激情的音调，我禁不住坐直发僵的身子，把脖子伸出了窗外，并没有让车子停下的意思，窗外正是滚烫的酷暑，但让司机减慢了车速。我盯着沙海里一点粉红的浪花，戈壁沙漠正拉我进入苍凉，而眼前锐利的生机又好像让柔情拥抱住我。

这是我第一次在沙漠中看到花儿开得正旺的多枝柽柳。

红柳是当地人对这种常见植物的叫法，这个名字可能是从它正式的中文名柽柳音调的误传。但满枝的粉红花朵，巨大的圆锥花序，完全当得起红柳这个名字。

柽柳科柽柳与杨柳科的柳树并没有直接的关系。在莫高窟和阳关这样的绿洲中心，长满了高耸入云的白杨树。但一到绿洲的边缘地带，一进入戈壁沙漠，杨树、

柳树的踪影消失了，柽柳属的植物开始多起来。当地人把种类不同、形态近似的柽柳都叫作红柳，他们与这种植物生生相惜，红柳这个名字有对一种植物的热烈爱意。

柽柳最早唤起我的好奇，是在藏传佛教的文史资料里，关于鞭麻墙的制作材料提到柽柳。藏区寺庙建筑中的鞭麻墙，因坚固、通风、透气而出名。将柽柳晒干的枝条，夯实后打上灰浆，用特别的工序压制，就可以建造鞭麻墙。

柽柳属植物在中国有 19 种，基本分布在西北和内蒙的戈壁滩、盐碱地、沙漠边缘。在自然逼视人类生存地界的最前沿，为适应干燥和狂风的双重压制，柽柳的身子缩成小乔木和灌木，为了尽可能在恶劣环境里获取水分，柽柳的叶子进化成披针形和鳞片状，为了增大繁殖的机会，柽柳保持了雌雄同株，密生的粉红小花，容易授粉，也容易招引到昆虫。

柽柳在沙漠中生存下来的另一个重要秘密还在于它的根，柽柳的根抓住一块沙土后，密布的根须会形成一丛丛聚了沙的柽柳台子，成片的柽柳长在一起，就会长成一个柽柳塬。

柽柳塬是沙漠居民放牧骆驼牛羊的好地方，当遭遇沙暴时，人们还能暂时将其当作避难所。在沙漠戈壁的冬天，人们还砍下柽柳枝，铡碎了它们的细枝用来喂牲口，而把粗枝堆起来，用作捱过隆冬的柴火。

在园艺栽培中，常把柽柳当作美观植物栽培。但在风和日丽的环境里，柽柳的开花，柽柳的树影，好像完全迷失，它粉红色的花失去了依托，像损毁的墙壁一样倒下来。它柔媚得像无根草，和周围的玉兰花、垂柳、稠李相比，暗自失神地生长在不属于自己的地界里。

红柳海

七月，红柳花儿开得正艳。所谓艳，苍茫沙漠里的一点粉色能不娇艳吗？

在莫高窟广场的售票厅买了门票，转过几个高僧的塔林，往远远能看到九层塔的莫高窟方向走去。路边的红柳正在盛开。花儿的醉人吸引我停住了脚步。猛烈的阳光从远处鸣沙山上直照过来，盛开的红柳让人感觉到清凉从心头漫过。镜头里，红柳的花儿好奇地注视着我。一群群的人都被远处洞窟的奇迹所吸引。倒有这么一个傻瓜，对路边花依依不舍。我依依不舍，不止因为柽柳花儿的美，还有花草世界陪伴着莫高窟里那些孤寂灵魂经过了千百年。

在驱车赶往西千佛洞的路上，和司机聊起敦煌的莫高窟，谈到流经敦煌的雪水，谈到生活在沙漠里的植物，谈到镜头下的红柳。

"红柳到处都能看到！"司机说，"红柳上通天，下通地，能得很。"司机这么解释。

"上通天，是沙漠里，红柳什么地方都能长，只要它的根抓住一块沙，就能在那块沙上生长起来，即使在沙丘上，也能这样。下通地，说的是红柳的根，能钻到沙下十几米的深处，红柳根像狗鼻子，能在沙漠里闻到水。"

车一直开上通往党河水库的路。时值水库的放水季节，水库边的水渠里传来轰隆隆的水流声，水流由北向南，由高向低，朝着敦煌城奔流而去。戈壁沙漠中间，听到如此巨大的水流声，有种难言的悲壮和欣悦。那水流浊黄而澎湃，沟渠里积下的泥沙像是都被翻腾起来。我站在水库顶上，水库里的水是那种阴沉的灰绿色，感觉这水因为停滞太久都变得黏稠了。车从水库顶上往下开，正好看到水流从闸口涌出，水流本身的颜色是浆黄色，这样的水流，带着一股对生命焦虑干渴的涛声，冲刷着干枯的水渠，贴近水渠边，溅起的水声不是那种哗哗的脆响，而是擦着水

雾的嘶鸣。在沙漠的边界上，能够看到敦煌最重要的生命线——水，像钳子一样钳住敦煌的脖颈。珍惜水和珍惜生命，在这个时候，一点都不抽象。与身旁不时出现的红柳相比，敦煌的命运显得更薄更脆了。参观完西千佛洞，赶回敦煌时，已是下午五点，沙漠的骄阳在远处地平线上由明丽变成橘红，寂静荒凉的沙漠像血染成的。

问司机，从敦煌往榆林窟该怎么走？

"你明天要去榆林窟吗？我送你啊。"

我抱歉地摇摇头："只是问一下，下次吧，明天我要去张掖。"

"哎呀，现在是红柳开得正盛的时候。从敦煌赶往榆林窟的路上，有一片很大很大的红柳海。去年也是差不多这个时候，两个上海人，来敦煌，也是包我的车，

老远看到红柳海，就让我停车。他们在那里拍照，都忘了去榆林窟了。"

　　红柳海，一个多么美丽的名字，沙漠中的红柳海，就像这命运多舛的莫高窟和藏经洞，重波劫渡，万古苍凉，沙海中的一片红，就像一抹笑。

　　下车时，我要了司机的联系方式，对他说："下次来敦煌，希望能有机会，带我去看沙漠里的红柳海。"

菩提圣女——皇后瓦松

幻觉真实的彼岸，是真实的幻觉。我们的一切努力，作为夹岸流淌的河流，
将充盈在我们存在过的躯体当中。

——文学家和历史学家之间的讨论

靠着土崖建起的房子的屋顶上，最初撒上去的是蓝灰的青瓦，之后瓦面变成
烟熏火燎的颜色，万物推着这深得发黑的颜色隐秘地渐变，瓦面上干枯的青苔地
衣随雨水敲打，显出碧玉般深透的绿色。

这是一间瓦房上大自然演绎出来瞬息与永恒的魔术。

风，有时轻微地吹动，有时狂乱地摇摆；温暖的风吹醒了万物，冰寒的风又
使草木虫鸣沉睡过去。风对土崖进行着日积月累的剥蚀，那种不断渗透的魔力像
不像人灵魂的远亲？无法知道地壳有过怎样神秘的变动，土崖顶上长着茂密的芒草、
狂野的枸杞，植物细密的根系将黄土表层涨开一道道裂缝。

夜半，呜呜的风声透过泥土的缝隙轻吼，某个片刻，所有声音回归到无声无
息当中，世界仿佛不复存在。疏松的黄土"唰——唰——唰——"从缝隙中落下
山崖，细小的土粒在房顶瓦楞中间迅疾地奔跑，瓦面上细碎的声音能把沉睡的人
一下子惊醒。这样的细土日复一日沉积在房顶上，被雨啊雪啊露啊打湿，又被太
阳炙烤，瓦屋老房子的屋顶穿上一件不动声色的甲胄。

细雨带着它轻盈的呼唤，让土崖变成一个矜持的孩子。雨的滋润使山土的皮
肤收紧，屋顶上密布的小草中间，繁盛的动物世界让土崖展现出激动人心的活力，

有虫螨、蝎子、蚰蜒、壁虎、蜘蛛、蛐蛐……它们破开了寂静，心怀天真的喜悦。

大雨来就不一样了。土崖像是被伤痛穿透，那种姜黄浑浊的泪水哗哗哗地流出微微颤抖的眼睑，剥离山崖的土质，涌向手足无措的房顶。每一片浸染了土崖泪水的瓦片上，某种仓促，某种怯懦，似乎盛不下这么多失意的伤痛，山崖黯然的泪水，也引发了屋顶瓦沟中间悄声的哭泣。屋檐下先是听到滴答滴答的水声，之后，土崖的悲怆像决堤的洪流，淹没了瓦片中间承担哀愁的共鸣。土崖似乎忘记了与瓦屋的相互依偎，但因为找到了瓦片这个可以承担它悲伤的肩膀，自顾自号啕大哭起来。土崖的洪流沿着瓦沟连珠箭一样落到院子里，把砖红的院子染成了悲胜于喜的土黄色。

落在瓦面上最轻的是雪和露。雪遮掩了土崖在残冬里显露出来的伤痛，山土紧贴白雪的棉被，像在瑟瑟发抖。但雪依然给了土崖少有的温和与浸润。雪中的山崖，面目冷峻，心里怀着没人看得出来的欢喜。而屋顶上的积雪，因为房子里有人生活的缘故，早早融化了。屋顶凝望着山崖的背影，看着她洁白肩膀的抖动。风把一团团雪花从山崖上吹落下来。

露总在清晨的晨光里安慰土崖和屋顶漆黑的瓦面，或许是爱心，或许是怜悯，无法知道这爱心和怜悯来自哪里，也不知道隐藏至深的感动是如何生成的。一滴露，晶莹如泪滴，唤醒了土崖和瓦面。露珠在阳光里跃出地平线，一下子把一个新世界摔到靠着土崖的院子里来，阳光下渐渐干枯的露痕，就像土崖轻轻擦去瓦屋脸颊上的泪。庄重的晨露，你把自己的期盼隐忍了有多久？看到过晨露微笑的人，你是否知道晨露微笑中，要对瓦屋和土崖倾诉些什么？但最后，长久的沉默依然胜过了一切。

枯草的残片，凋零的花瓣，死去的甲虫、雀鸟、壁虎、蝎子的尸骸，在风里、雨里、雪里滚落到屋顶瓦面上的土层里，它们被自然握在手里的重锤砸成了碎片，

瓦松

瓦松，景天科，瓦松属，两年生草本，多生长在干旱山坡、岩石、树干或瓦屋的沟楞缝隙中间。《唐本草》中称瓦松为荷草，又称石莲、岩松。

这碎片又由土质里神灵差遣过来的微菌所分解。曾经独立于世界的那个独一无二的生命，在山崖和瓦屋的怀抱中重新复归于土的本质。

瓦屋顶上的土层逐渐积得厚重起来，土层中间的青苔地衣在笑，它们欢天喜地地住在屋顶，它们邀请那些叫不出名字来的草木精灵，来瓦屋上开属于自己季节的舞会。

这个舞会上，最终成为皇后的，每次都是瓦松。

不知道瓦松的种子是风带来的，还是鸟儿带来的。因为有土崖，我便猜，它和靠瓦屋立着的土崖之间一定有过默契的协议。当屋顶逐渐染绿，这绿色像是给予瓦松的一道请帖。屋顶整齐的瓦片中间诞生的一片毛茸茸的青苔上，浸润了整个土崖四季的哀伤和欢喜，聚集起欢呼声和张望中晶莹的泪光。土崖滚落的泥土和瓦屋上生成的温润，好像都是为了邀请瓦松来参加寂寞屋顶一年的这场盛会在做着准备。土崖邀请瓦松，让它去驱遣瓦屋上掠过时间镜面的一点哀愁。没人可以探查，这土崖和瓦屋，相互以爱而偎依，还是相互以恨而偎依！

瓦松来到舞会上，它像个菩提圣女，它的身体就像一朵朵莲台聚合起来，花台中心含着一点绿，周围是柔脂一样的粉红，这些粉红的莲台精确又细微，整齐地排列，像随时准备翩翩起舞的阵列。它混同在绿草的群落里，不显山不露水，谦卑得像周围花草的侍从。随天光流动，它一点点把内心的欢喜和骨子里端庄优美的姿态迤俪起来，在空中打起火焰一般的节拍。谁能知道这神秘的节拍来自何处？每一扭动，瓦松的身躯上就会开出一朵星星玉莲，米粒一样大小的花儿张开粉红的手臂，拥抱住周围的世界，那花儿轻轻喘息，就像少女盛开在她最美的季节。瓦松在这场舞会上成为皇后，是在每年的七到九月。那个时候，它们在瓦屋上，在所有绿影子的诧异当中，开始尽情媚惑所有投向她们的目光，并以此为乐。

就小小的瓦屋来说，瓦松谢幕的时候，那份端庄是难忘的。之后，瓦松蜕尽铅华，

将委身在屋顶的泥土里。瓦屋的屋顶又将在无声的期盼中，在和土崖相互或怒或爱的胶着中，等待皇后瓦松的再一次来临。

"育，屋顶的土太厚了，拿铲子来，我把土铲掉。"父亲爬上屋顶，把混着青苔、地衣和瓦松的黑土铲到院子里。地上散落的土层里湿气丰盈，瓦松的残躯就埋在这样的土里。

但看不见的时间的手，在无声无息当中，在生命凋零的一刻，已经开始采摘季节节奏里又一轮尘沙一样流逝的光阴。那样光阴里，在另一个既确定又无法捉摸的时刻，如同自然的某个许诺一样，阳光洒落，雨雾飘飞，瓦松的美又会从大地上显露出来。

对这些，正铲去屋顶积土的父亲不知道，在院子里望着屋顶的我也一样是不知道的。

石松小史

在我们从自然那里如此众多地获取东西时应当谨防一种贪得无厌的态势，因为我们无法再回赠给大地母亲任何东西。因而，在索取的时候如此地表示敬意是应当的，即在伸手拿我们的那份之前，要将我们已经得到的东西中的一部分还回去。

——[德国] 瓦尔特·本雅明，《单行道》

很多次了，行走在森林深处的小径上，眼睛既会被远景深邃空阔的美拉伸，也会被眼前动植物耀眼色彩泛出的光晕诱惑进一种吞吐里。

把眼睛朝下，看向湿漉漉的岩壁，看腐叶变为黑土的角落，冰凉的泉水从石头缝隙里猛地溅起来。在这样的林下，总会遇到翠绿如小蛇的石松，树木的阴影试图遮挡，但也遮挡不住石松的绿色。

石松让人想到伟岸高大，让人想到坚硬稳固。第一次见到石松，很难把这种小小草本的蕨类植物和石松这个名字匹配。"哦，石松！"失望激发了好奇，了解了石松的进化史，才发现"石松"这个名字里隐藏的荣光、悲怆和委曲求全。

石松确实高大挺拔过，在地球的地质变迁史上，石松拥有过自己辉煌的统治期。距今三亿年前的泥盆纪晚期，进化为高大乔木的石松植物，受环境变化影响全部灭绝了，那些高大石松的遗骸变为今天煤炭的一部分。

遗留到现在的石松科植物，都是矮小的草本。像蛇足石松，它的样子确也像穿行林下的青蛇，微风吹过满身的翠绿，头顶的绿芽在风里摇摆，如一条条青蛇

石松

石松科植物可以追溯到泥盆纪，陆地最早的森林出现在中泥盆纪，乔木状高大石松植物是构成最早森林的关键树种之一。有一类像草的石松植物，一直进化发展到现在；另一类长成几十米高的乔木，最后灭绝，成为石炭纪煤层的主要成分。

在探头探脑。在林间拍摄垂穗石松，当地人把这种小草叫铺地蜈蚣，这名字确实让我汗毛直竖。五毒虫之一的蜈蚣是我最感恐惧的动物之一。我曾在一个原始森林的小屋里住宿，夜晚，感觉手背发痒难耐，一下子从梦中惊醒，啊呀，手背上一只三寸蜈蚣正在幽幽爬过。那一宿再也没有睡着，总感觉满屋子都是裂开的缝，那些臆想的缝隙里，一只只蜈蚣正在爬进爬出。床紧靠窗户，窗户外立着一堵石崖，山中的水渗出地表，沿着石崖的青苔滴滴答答整晚响个不停。正是和蜈蚣如此亲密地接触，才会那么牢固地记住垂穗石松的样子。只是这铺地蜈蚣并不会跑，它有根扎在土里。石松本种，又叫伸筋草，可能和中医的药性有关联，但我更喜欢它有狮子尾这样的别名。

山溪穿过林下的灌木，石松喜欢这样的生境，它的匍匐茎紧抓地面，匍匐茎上衍生出来侧枝的新芽接受阳光的热力。头顶的乔木为它遮挡住狂风的侵袭，周围的灌木又把它荫蔽在自己腹下。石松经历过进化史上的物种大灭绝，现在我们所见的矮小的石松是它为生存的延续而作出的智慧选择。雨敲打着森林，在草木根系的网络中，石松不定根的细小分支扎到松软的土质里，扎入高大植物的主根上。几亿年前曾经有过的进化冲动深深地埋藏在它的身子里。亿万年的沉默在石松的身体里形成了奇怪无声的空洞。

现代石松科植物，在植物的谱系当中，只有蕨类植物门石松亚门石松目下两百多个种类。它是十足的纤草，种类少，身体小。它对自己小小草本的形态很满足。这种从物种大灭绝年代存活至今的植物，很难通过基因进化的序列来还原它身体里深藏的秘密。在史前时代，地球上曾经密布石松的森林，高达 40 ~ 50 米的石松科植物如参天巨木，拔地而起，这样的史前植物群落里，乳白色的光带中间漂浮着五彩的孢子囊，巨型的蜻蜓成群飞过迷雾……某种进化的张力好像要从物种的身体内部爆发。对这些昔日进化场景的想象撑开了今天人类对世界的探索。电影《阿

凡达》所设定的域外星球上的自然世界，似曾相识，那不只是想象，还有生命在地球进化史上投下的倒影。

从挖掘出来的石松植物的化石可知，大约在 4 亿年前，也就是泥盆纪早期，石松植物已经在地球上出现，当时，石松个体的大小和现在的石松科植物差不多。随着时间推移，到中泥盆纪，石松中一种叫作林鳞木的植物进化成了类乔木形态。今天，在加拿大乔金斯的海岸化石公园里，还能够看到遍地密布石松植物的化石标本，这些标本的形态像是把现在 40 厘米高的石松植物放大了 100 倍。屈身于被子植物花海里的石松化石，像是重回它曾经统治陆地的年月，在那个年月，大陆每个温暖湿润的角落，都有石松科植物的足迹，地球的绿色几乎就是石松的绿色。在植物进化的早期，维管植物还没有形成木质部，那个时候，石松的巨大身躯完全是由茎组织中的厚壁细胞支撑起来的，这种厚壁细胞的生长强度，可以和之后侏罗纪时代恐龙肌肉骨骼的爆发力媲美。

到距今两亿年的侏罗纪时期，泛古大陆逐渐支解，并开始漂移，地球环境开始出现巨大波动。随着气温上升，越来越干燥的环境将石松植物的进化推进了绝境。按进化史的推测，当时环境变化的因素，除了地球温度的变化，还有外太空小行星或彗星对地球的撞击，地球环境不仅趋向干燥，同时也变得越来越冷。这种变化导致了侏罗纪时期的地球物种大灭绝，恐龙完全消失，石松植物中的木本系列也遭到了灭顶之灾。但少量矮小的石松草本，屈伏在大地的角落里，万幸躲过了这次灾难。它们开始像冬眠一样，让自己进化的历程陷入一种半梦半醒的状态，等到它昔日繁盛所具备的条件重新具备，那个时候的石松植物，又该会迎来怎样的爆发？

微风 Sunshine
2017. 3. 10

走出喇叭花迷宫

"为什么当人内心芜杂神情憔悴时，会走向郊野，把双脚踏到泥土当中？"
朋友问我。

"被欲望挤压，心生厌倦，自然的那双清凉的手会召唤人，为疲惫的人心恢
复动力。这是人的本能吧。"朋友静静地听着我说。

——《自然日记》

"喇叭花里有迷宫吗？"

喇叭花是如此普通，应该没有人以它为载体来质问自身存在的谜结吧！

如果把喇叭花里最为常见的牵牛花、田旋花和打碗花（又叫小旋花）的花朵
摘了摆在一起，一个对旋花科植物没有细加推敲过，对植物分类完全陌生的人，
面对这样盛开的花朵相似的外形，要分辨出喇叭花们之间的差异，几乎就像进入
了一座喇叭花的迷宫里。

希腊神话里的传奇英雄忒修斯[1]进入米诺陶迷宫的时候，手腕上绑了克里特岛
国王的女儿阿里阿德涅交给他的一根爱情的红线，这是他能最终走出迷宫的保证。
米诺陶的怪兽迷宫里点亮着一盏爱与迷恋的明灯。

走在绿绒碎花萦绕的大地上，喇叭花冷不丁跳到视野里来……旋花科的植物
都可以被称为喇叭花，我曾被喇叭花的多种面目迷惑过，这些面目，有时候是银

1　忒修斯，希腊神话中雅典国王，斩杀过克里特岛迷宫怪兽弥米诺陶诺斯的英雄。

灰旋花，有时候是田旋花，有时候是打碗花，有时候是裂叶牵牛，有时候是圆叶牵牛，有时候又会是肾叶打碗花……我没有去摘这样的花儿，我只是站在盛开了喇叭花的原野当中，朝着天地相接的地平线看。这些花儿的姿态，由坚硬变得柔和，触摸着我的脚印，并和我的脚步结伴同行。经过这样的原野，就像踏在意识飘渺的云上。

和喜欢花花草草的朋友往野外荒芜的地方走，看到野地里粉色碎白的田旋花、刺旋花和打碗花的花儿交织在一起，朋友小孩子一般的心性被惊得飞起。

"这是什么花？"在四周黄土沙砾的铺盖当中，这样的声音像是小浪花，这些小浪花里包藏的喜欢，除了抒发一点积了多日的郁闷，其实并不想要什么具体的答案。

"好像是牵牛花！"

"哪里是牵牛花？明明是打碗花。"

"知道了还问！"

"不知道尽瞎说，嘻嘻。"好像心情好了起来。

对牵牛花别样的感情，是因为"所有的喇叭花都是牵牛花"，这是从小根深蒂固的认知。围绕长在院子里的牵牛花，其中藏着一幅外婆的素描。住在时光深处的外婆，她的脸庞的线条，头发的灰度，衣服惯有的漆黑深蓝，这些都像在渐变，密布在我的脑海里。

时间的深土里，牵牛花张开它扩音器一般的喇叭，我倾听草木与人同在的回音，历史，连同旧日记忆，将我的朦胧童年推入与爱相连的时光溪流里：

初春种下的几粒种子，埋到拇指深的黑土里，是陪着妈妈在早晨太阳刚刚冒着花的时候种的。春末到来，太阳晒得人额头渗出细密的汗珠，牵牛花已经盘在上房门前搭起的竹竿上，像一个绿色的卫士了。牵牛花的细茎扭得像个麻花，螺

田旋花

田旋花，旋花科，旋花属，又称箭叶旋花；打碗花，旋花科，打碗花属；牵牛花，旋花科，牵牛属。

纹一样。南房门口，随人影出出进进的节奏，牵牛鼓着劲，顺着竹竿直往屋檐顶上爬，绿茸茸的芽尖，今天探头在左边的叶子下，明天已经探头在右边嫩茎的缝隙里。

我在院子里跑来跑去和小狗虎子捉着迷藏。

妈妈说："今年的肥喂得及时，会开好多好多的牵牛花！"

下午的落日里，外婆和穗红妈坐在屋檐下聊家常，昏沉阳光的散碎光线透过花茎叶从头顶散落，我抱着小虎，靠着外婆，打着盹，迷迷糊糊中，数着牵牛花的新芽、花苞。

第二天，发现牵牛花的绿芽已经超出昨日标记老远，惊喜中对外婆嚷起来："婆，这个头都长到这里了，你看。"外婆停下她手里的针线活儿，看着我："你

快快长，牵牛花长得都比你快。"我不服气了，踮着脚尖，和牵牛花比一比高低："婆，它还没我高。"

因为父母工作的关系，我的童年是在外婆身边度过的，外婆的生活，自证着我童年的空寂与虚无，又使澎湃和丰盛充盈着我的心。偶尔，当我闭上眼睛，外婆的微笑会在幽深当中浮起来。很奇怪，我从未意识到外婆由苍老显出的枯萎。我一直认为，她从未有过一丝杂念地爱过我，自然而然，我也用相同的方式爱着她。

牵牛花上，好像附着了这样的声音，附着了外婆的语调："你快点长，牵牛花长得都比你快。"听着这声音，我的冥顽的天性里的铃铛摇动起来。

属于牵牛花的季节，它的疯长会占满院子的一角。过不了几天，风吹进房门，太阳散在绿叶上，几天没见的绿茎，已经攀到手都够不着的地方。外婆和我逗趣："你看，它长得比你高了吧！"我从房子里搬出大椅子，爬到椅子上，站起来，然后大声叫厨房里正被馒头的蒸汽笼在白雾中的外婆："婆，婆，你来看，快来看！"外婆被我叫得心烦了，手上沾着白面，撩起厨房的门帘，一看到我正站在高高的椅子上，立刻惊到了，骂着赶过来："你个狗吃的，想死啊，爬那么高！""婆，你看，牵牛花没我高啦，哈哈哈。"我站在椅子上傻笑，我不能确定自己的屁股上是否因此留下过她的手印。

风从西北方向晃晃悠悠吹过来，我的身边，紫色的、粉红的、洁白的牵牛花，像天上星星一样围绕着，外婆一把把我从椅子上抱下来，脸上带着气，胸口起伏着。

和牵牛花茂盛的生命力一样，外婆抱着我的双手那么有力，那些苦难磨砺的皱纹编织在她眼睛的周围，掩藏不住的忧郁在这些皱纹中弥漫。她生气地看着我，我胆怯地看着她。我的童年带着狡黠和难以驯服的野性，被她轻盈的目光罩着。在我心中，是外婆的怀抱，消散了我内心最初的混沌，在她的怀里，我的敏捷与洞察第一次伴随天性的直觉苏醒。

夏末，牵牛花的叶子开始凋谢，枯萎藤架结出鼓鼓的种子。靠近屋檐，遮阴的地方，还有牵牛花一朵接着一朵在开。清晨，亮晶晶的露珠迎着阳光在花瓣上打开。

我问母亲："妈，牵牛花怎么这么能开？"

"牵牛花像你婆一样，勤。"母亲说。

关于牵牛花深潜的记忆把我对喇叭花的认识弄迷糊了。只有在讲述旋花科植物的书籍里一种一种认过去，才发现，喇叭花的样子形成了喇叭花迷宫的入口，旋花科植物迷宫出口的路径，却要到围拢着喇叭花的叶子上才能找到。

野地里的打碗花，又叫小旋花或者兔耳草，其实叶子未必有兔子耳朵那么大，叶形狭长细小，仿佛觉得那不像是叶子了。

在福建泉州的大海边工作，曾见过肾叶打碗花，叶子很有韵致地半握成一个拳头，这种沿海地带的植物和我心里的牵牛花、田旋花对应，抚慰过我的乡愁。

田旋花，有另外一个我喜欢的名字：中国旋花。起这样的名字大概和最早在中国发现它有关。它的叶子呈狭长三角形，看上去像古代兵器谱上的戟，虽然只是缩小版的戟。

刺旋花，西北民间叫鹰爪柴，在酷烈干燥的气候当中，刺旋花的叶子退化成针形，为了避免羊和骆驼的肆意啃食，在茎上进化出了像鹰爪一样的尖刺。朋友给我发来她到贺兰山上拍摄的刺旋花的花海，成片的刺旋花交响乐一样被阳光的金手弹奏，喧腾，又静默。

在戈壁滩上还见过一种银灰旋花，叶子也像针，只是这微微舒展开的针被银灰色的丝状绒毛包裹着。陡峭的风势在西北土地上肆掠，开满银灰旋花的土地就像披了一件银狐的袍子。

"一种生物总有其在世上的妩媚。"这话给浅浅生命的河流注入活力。

牵牛花最容易和其他旋花区别开来的，是它手掌般大大的叶子。牵牛有两种，一种是裂叶牵牛，一种是圆叶牵牛。

裂叶牵牛手掌一样的叶子，浅浅三裂，经历过心伤后的坚强，让它变得雅致，独立，有了一种从容的美。

圆叶牵牛，顾名思义，其叶子是完整的心形。在旋花科里，它像是幸福花。大凡幸福之物，总带有柔媚的娇嫩和安然的祥和，仿佛这也是幸福的天性。

在植物园里还见到过旋花科植物里的巨人——月光花，它像是旋花科植物里的月光女神，穿着飘逸流彩的绿叠裙，盛开的喇叭花上分泌出来粉珠一般的水滴，光影划过细密的水滴，折射的光线带起朦胧的光晕，形成一片十五当空的皎洁月色，透过这样的月色，想象和真实之影在时间的河流里交叠，人心投影在视觉中冉冉而动的幻象会悄然浮现。

那一天，遇到透茎冷水花

人审视草木如镜子，在其中认识了自己的生命。

——[俄罗斯] 普里什文，《大地的眼睛》

早晨，看吧，太阳就要出来了。远山叠翠，世界都在眼前。深深呼吸，肉体依然那么沉重，拖着梦中的疲惫。

鸟鸣声落下树梢，又在花中惊起。起个大早的目的，就是为了从一切喧嚣中

离开。天边夜幕最后的影子还在，薄雾拢着浅草的路径，看上去像系在腰间灰白的腰带。从窗口眺望山林，世界一片朦胧，心里还迟疑着犹豫着，要不要立刻走进那片朦胧里。

走上荒野，薄雾被明亮的光线烘托，地气回暖，周围的景致变得惊人的透明，像是水洗过。出门前的那点迟疑、犹豫消散到空气中。

沿小溪走，水流看起来比前一天更加迅疾澎湃。也可能是幻觉，身体的敏锐在一步步苏醒，但梦的味道依然浓烈。山间草坡上挂满露珠，露珠把鞋面、半条裤腿很快打得湿透，脚底的泥土和厚重的露水加湿了路面的松软，脚踩上去，如踩在胶泥上。青蒿、藜、龙葵、反齿苋、田旋花、铁线莲、山萝花、角蒿……花花草草的滋生盛开羁绊在脚下，挽留着人的眼睛。不管有心还是无意，脚步放缓了下来。大丛的黄白相间的二色补血草猛然在道路的某个拐角探出身来，满怀盛开，如成熟的少女，它的端庄和热情毫无保留地奉献给它等待的脚步，把身子往前倾，就会在花上看到更多，不止是欣悦，不止是心动。

薄雾在四周淡淡退去，天边疏懒的银灰睡衣悄悄换了梳妆，洁白的手臂，湛蓝的胸饰，五彩花朵兴兴然点缀在丰美妖娆的线条上。面对眼前大自然悦目清丽的正妆，脚步又止不住加快。

走过曼陀罗盛开的沙地，曼陀罗的花香诡异，而果实更会把人从它身旁推开。地上有成熟的蒺藜子，脚踩上去，果实针芒的利刺会扎进鞋底。蒲公英的果实等着风来，脚步走得一快，凉风卷起，蒲公英的小伞借势高飞，朝着四面散逸。长满倒刺的苍耳，粘在裤脚、袖口上，这种亲昵谈不上亲切，甚至让人生气。不得不停下脚步，在如此凉爽的早晨，大自然馈赠的礼物多到让人消受不起。

山野的荒凉更促生了草木的丰美。

就是在这样的行走中，喘息还没平息，林子深密了，湿气重起来。早晨第一

冷水花茎
透茎冷水花

透茎冷水花，荨麻科，冷水花属，一年生草本，高20～30厘米，茎肉质。生长在林下坡地和岩石阴湿缝隙里。

缕的光辉迎着眼睛透射过来。水汽让一片草坡笼罩在珐琅彩的光辉里，水的晶体在空气中冷静转动，万物因光照突然变得硬气起来。

有点累，坐在草坡边的石头上歇息，也想让初升的阳光把自己晒暖一点。忙碌的日子，和清晨的初遇是如此难得，听到清晨的呼吸穿越肺腑，生命被重新注入活力。我回头望向草坡，雾气在草丛中无法再隐匿自己，随着光强度的增加，雾消失得更快。迎着山坡的切面，光从树木、草丛、花叶的缝隙中挤过来，一道道穿透我的身体。

正是在这样的时刻，发现了不远处那株透茎冷水花的身影。此前，曾很多次看到林下微暗光影中的它，那时候，光从它的身体里抽离了，它看上去是那么普通，在荨麻科的植物里，它毫无特色，这个冷艳如冰山的名字，如何得来？它的叶下没有倒刺，花儿也碎米粒一样不招惹人的眼睛。大概它有所等待，在等着一束光，在照透世界的旅程上，从它的身体里穿透，穿透叶子，穿透嫩茎……我就是在这束光里看到了翠玉般的透明，由透茎冷水花的身体，投入我的眼帘。那个时刻很奇幻，好像进入幻觉，碧透的绿色背面是澄澈透明的蓝天，透茎冷水花不是将林间的光束劈开，倒更像是被光簇拥着，如绿衣仙子一般降临。我突然有些明白之所以叫透茎冷水花的缘由。

山野小道上渐渐能够听到虫鸣，我好像听到另外一个人的脚步声，那个行走山野的植物学家，那个懂得一株草木生命的人，我们一起在早晨寻找露珠，寻找阳光，闻香识别自然的神秘。他一定也是在这样的时刻，看到了透茎冷水花被光所证明的本体，并在一瞬间的触发里获得了这样一个名字。

偶尔向同行的伙伴介绍路上见到的透茎冷水花。迎光识草木，这不是人们惯常的认识植物的习惯，每个人的目光自然而然会落在花上，花儿的特征也成了草木的特征。

　　除了目光所及的惊艳，生命的特征往往更加隐秘。

　　每一次被我定义的美都因惊诧而起，在被光中的透茎冷水花击中之前，如果不是走在寻找的路上，我又该如何唤醒与一株偶遇草木的同行？

胡桃

胡桃，胡桃科，胡桃属，落叶乔木，树高可达20～25米，核果，果实直径4～6厘米，果肉可食，和杏仁、榛子、腰果合称世界四大著名坚果。晒干的果实又叫核桃。中国在距今7000年前就有胡桃栽培的记录。李白写过一首《白胡桃》："红罗袖里分明见，白玉盘中看却无。疑是老僧休念诵，腕前推下水晶珠。"

法布尔的胡桃木小桌

我在小写字台的右边放了一瓶一个苏的墨水，左边放着一本笔记本，剩下的空间刚刚够写字。我喜欢这张小桌。……可怜的胡桃木小桌，半个世纪我对你愈来愈忠实了。墨迹斑斑伤痕累累的你，像以前支持我解方程式那样支撑我写有关昆虫的散文。你并不在乎改变，你那吃苦耐劳的脊背像迎接代数式那样迎接新思想的表达方式。

——[法国] 法布尔，《数学忆事：我的小桌》

胡桃科胡桃属里的胡桃，《开宝本草》中称胡桃，《本草纲目》里称核桃，西北乡下常叫核桃丸。所谓核桃丸，就是大众取食的棉核桃当中的一种。核桃壳里住着核桃仁，核桃仁里有补脑芯。吃过那么多核桃仁，也不见得自己的记忆和敏感有过多少增长，那些巧思灵便的聪明并没有盖过迟缓滞浊的愚笨，反倒因时因地，聪明与笨拙变成了生命里遇事遇人进退的平衡，变成了认识自己的镜子。

核桃仁里值得记忆的事情很多，我喜欢这种俊朗爽利的树木，它的坚果曾让那个义气少年裹足不前，一个十岁左右的孩子，惴惴不安中终于下了决心，举掌运气，向着石板上的厚皮核桃猛拍下去，核桃的硬纹在掌心上留下了几道清晰的印记，手掌传来钻心的疼痛，核桃却并没有像想象中那样破碎，反倒从掌缝间直飞出去，在地面上滴溜溜转起来。硬木的核桃，还有核桃丸的硬壳，就像青春自我的螺旋朝着成长发起一场持久的战斗，它的坚硬就像生活本身，等着我去挑战、去碾碎心中那些梦寐以求、但尚未成型的事物。

在西北乡下，胡桃木是常见的树种。

灌丛，树木，花朵，根须，昆虫繁衍生息在这样的世界里。记得小时候，我躺在树荫下的凉席上，头枕着荞麦的枕头，翻着法布尔的《昆虫记》，听蝉鸣声透过树梢的缝隙。蜡蝉的酷热难耐像是给人唱着催眠曲。凤蝶飞过高高盛开的蜀葵，又攀过开满蔷薇花的土墙，飞入邻家的院落。绿色金龟子"嗡嗡嗡"如伞兵一样降落到眼前的牵牛叶上。《昆虫记》里的自然博物馆和我身处的昆虫世界相互交织，对自然的洞察和对生命细微的触摸，好像同时在把一双隐藏的眼睛睁开。

《昆虫记》的写作和《昆虫记》一样，平凡，又充满着神奇。

1880年，刚刚出版了《昆虫记》第一册的法布尔，试图劝说，甚至愿意付费，去劝阻邻居，但蛮横的邻居依然砍伐了门前的两棵法国悬铃木，法布尔赖以观察的昆虫实验室被完全破坏了。法布尔怒而搬迁。正好《昆虫记》第一册的出版版税让他有了一小笔额外的收入，他能够在当时居住的隆里尼村外，找到一座老旧的民宅，他将这座荒芜的庭院命名为"阿尔玛斯"，普罗旺斯语里就是"荒石园"。荒石园里生长着很多耐旱、多刺的植物，而这些植物正是昆虫们的乐园。

法布尔怀着兴奋的心情讲述荒石园对他人生的意义：

> 四十年来，我每天过着为衣食操心的日子。最终，凭着我坚强的意志，我终于建立了梦寐以求的实验室。尽管实验的条件不是太好，但我还是非常高兴，我相信我的生活会从此改变。这个实验室就像一把钥匙，它打开了戴在我脚上几十年的镣铐，让我重获了自由。我唯恐这自由来得太迟，最难过的莫过于等到桃子熟了的时候，发现自己的牙齿已经吃不了桃子。我现在的视野已经没有以前那么广阔，不但如此，而且还在不断变得狭窄。对于已经过去的那些日子，我毫无遗憾，也无所谓愧疚，甚至没有一点点值得眷恋的

东西。我体会到的只是世态炎凉，心早就碎了。现在我不想只为了活命而吃苦，我要干我喜欢的事情，如此而已。

建立之初，荒石园便倾注了法布尔的爱与热情，这份热爱来自法布尔个人的体验，也表达出了每一个科学工作者投身科学研究、探索自然奥秘的心声；而作为一个人文艺术工作者，则以细腻真切的感同身受，学习记录生命脉搏的跳动，感受生的舒展和死亡终结的过程中，生命的价值和意义是如何史诗般地从世界变化的褶皱中间弥漫出来。法布尔倾注于昆虫世界专注忘我的目光，好像打开了一道窥探生命秘密的缝隙。有光从生命的迷雾中透过来。

此后，荒石园里的观察就像一首节奏舒展开的大自然交响乐，基本每隔三年，就有一卷《昆虫记》问世。不管是昆虫史还是文学史，荒石园的记录者和他的所有辛劳都将被记录在不朽的年表里。

作为法国自然史博物馆分馆的"阿尔玛斯·法布尔馆"对自然博物爱好者来说是一块心中向往的圣地，在这座荒石园里，有"昆虫界的荷马"如何工作的每一个细节，这里也有"科学界的维吉尔"在干旱荒芜的沙土中间，如何写出"别人不可仿效"的生命赞歌的时时刻刻。

在《数学忆事：我的小桌》一文里，法布尔记录了他写作《昆虫记》的情景：

> 我在小写字台的右边放了一瓶一个苏的墨水，左边放着一本笔记本，剩下的空间刚刚够写字。我喜欢这张小桌。……可怜的胡桃木小桌，半个世纪我对你愈来愈忠实了。墨迹斑斑伤痕累累的你，像以前支持我解方程式那样支撑我写有关昆虫的散文。你并不在乎改变，你那吃苦耐劳的脊背像迎接代数式那样迎接新思想的表达方式。

巨著对读者的影响，会深入到精神的内层，在一些至关重要的时刻，伴随着生命的觉醒，作品里那些闪光的话语像路灯一样会给迷路的人以指引。

我在法布尔的《昆虫记》中得到过什么呢？在我童年乡下的田野上和院落中，一根沉闷乏味的绳子捆绑住我，成长的迷糊紧紧挤压我。我的脸和身体紧贴在一层无法透气的薄膜上。是法布尔带着他的屎壳郎、圣甲虫、蟹蛛、蟋蟀、螳螂……的昆虫大军，刺破过这层密封我的薄膜，让我呼吸到了新世界的空气，弹醒了我思维的触须，打开了我眼睛的视野，我的心脏因此跳动得更加有力。

因为这个原因，我看到这张"可怜的胡桃木小桌"，不仅不觉得它可怜，我止不住想伸出自己的手，想轻轻抚摸它墨迹斑斑的桌面，这样的触摸非常神奇，让人一闭上眼睛，就像进入魔法世界，眼前坐着那个孩子般苍老的法布尔，他紧皱着眉头，嘴角却有淡淡的微笑。

能够跟随法布尔半个世纪的小木桌，显然早在他来荒石园之前就伴随在法布尔的身旁了，这张只能搁下纸笔的小木桌上，有太多法布尔思想情感的痕迹，法布尔写作的习惯也一定是在这张小木桌旁形成的。只有在这个小木桌旁，法布尔才会把自己从生活的重压中解脱，变为那个严谨的思想者，变为拥抱生命的文学家，变为洞察世界的探索者。

《昆虫记》的精神烙印每一行每一页都在这张小木桌上诞生出来。对于《昆虫记》的亲爱的读者，这张胡桃木小木桌就像一个能跨越时空的法器。

有一天，一个日本人到荒石园里来，他在阿尔玛斯的每一个地方走过，和每一个来这里的朝圣者一样，他的心跳声和那部巨著的脉搏呼应在一起，《昆虫记》种在他心里的那些种子像是重新萌发了。他商业的头脑变得灵敏起来。讲解员解说着"法布尔胡桃木小木桌"，他站在旁边，发现了人们凝视这张平凡小木桌不平常的神情和举动，人们自然流露出来虔诚恭敬的神情感动了他。这张四条腿的小木桌，在他眼里变得像芭蕾舞演员的腿，他察觉到了一张小木桌和人心灵的呼应，他在那张布满凹痕和墨迹的桌面上看到了从时光深处渗出来的法布尔的面容。胡桃木灰褐色的花纹随时间已经褪尽。重现这些胡桃木的花纹，重现法布尔的专注，重现一份这个世界上最优秀观察家的工作工具，让法布尔陪伴到每个读书者的身旁。这样的一张桌子一定和普通的桌子不会一样。"解说员说得真好！"他心里突然跳出一个奇妙的想法，"把'法布尔胡桃木小桌'送到每一位热爱自然的孩子们身旁。"

这是一个关于"法布尔胡桃木小桌"的真实故事，它在日本已经有几万张的复制品。我不知道在中国，在创意无处不在的网络空间里，是否有人制作过"法布尔胡桃木小桌"。作为世界胡桃木的四个原产地之一，中国人喜欢胡桃木的家居，喜欢这种硬木里透出来的清香，喜欢它简约清晰的木纹，这是一个久远的传统。人们也几乎无所不用其极地喜欢它的果实。对探究胡桃木里渗进来的人类精神世界的结晶，人们有过这样的兴趣吗？要知道，有过一张"胡桃木的小桌"，有那么一个人，他的一生值得每一个人去探究和参照，这个名叫法布尔的人，几十年如一日坐在这张小木桌旁，为人类探索生命世界奥秘的黑夜，点亮过一盏不灭的路灯。

微泡 Sunshine

葡萄之姿

"葡萄真多真圆！"葡萄架下的学生用惊叹欢愉的语调对老师说。

"是啊，它既是形式，也是节奏，既是无形的变化，也是有形的存在。"老师也被望不到边的葡萄园倾斜下来的壮观景象吸引住，自顾自喃喃自语起来。

——《葡萄园对话》

葡萄史 [1]

葡萄作为世界上栽培面积最大的果树，它必定有着某种天然的优势和独得之美将人类吸引住。它累累的果实从形态和曲线的简约渗进娇嫩甘甜的内在质地，它带给人狂想和宁静的美酒，在戈壁和荒漠中，葡萄园将人类的脚印带入梦想的绿洲……

葡萄由野生到人工栽培最早是在欧洲，现在，植物学家们在里海和黑海的某些区域依然能找到野生葡萄的原生种。在古埃及，距今六千多年前第六王朝第四王"佩奥辟"二世的金字塔中，用象形文字记录并保存下来了当时酿制的葡萄酒的名称。可以想象，距今六千多年前，这些地区葡萄栽培技术的繁盛和发达。从这些资料可以看出人类对葡萄这种植物的偏爱，甚至把这种偏爱写入希腊神话，让葡萄和葡萄酒沾上天堂的颜色，展现人类的幻想世界。奥林匹亚山上的酒神狄

---

1 葡萄史的参考数据来自《中国葡萄志》。

奥尼索斯，用葡萄酿出美酒诱惑人类，诱导人在半醉半醒的狂欢中暂时忘掉心灵的伤痛，暂时忘掉肉体带来的空虚。美酒就像酒神的使徒，他原本想让人忘掉生命的虚无，却意外把酒醒后肉身的沉重推到每个人面前。

葡萄在中国的栽培，一般认为是西汉张骞出使西域才引进了葡萄苗。因盗取敦煌遗书而闻名世界的英籍匈牙利人马克·斯坦因在对新疆沙漠中的古精绝国遗址——尼雅古城考古发掘时，对公元1—3世纪的一座废宅遗址这样描述："其外面、院子或果园的防护篱笆内，遗留着卷绕的葡萄枝，它们无疑曾蔓生于此，情形与现在的新疆果园相仿。"可见，当时，新疆葡萄的种植已经非常广泛。在《史记·大宛列传》里，张骞写下了关于葡萄的见闻："宛左右以蒲陶（即葡萄）为酒，富人藏至万余石，久者数十岁不败。俗嗜酒，马嗜苜蓿。"而大宛国，正是和新疆一起属于西域的乌兹别克斯坦的费尔干纳盆地。从这些史料的片段可以推测，古大宛时期，葡萄栽培技术已传入新疆。

新疆葡萄的栽培，伴随着绿洲面积的变化而发生变化，精绝国一带的绿洲萎缩之后，葡萄逐渐在吐鲁番根深叶茂地广泛栽培起来。这种情况一直延续到今天，现代产量最大品质最好的葡萄依然是吐鲁番的一块金字招牌。

葡萄进入内地的路径有两条。一条官方路径是直接由新疆引种到长安，一条则在民间逐渐东传，经过甘肃的河西走廊，同样传入长安。魏文帝曹丕在《示群臣诏》中说："中国珍果甚多，且复为葡萄，当其朱夏涉秋，尚有馀暑……味长汁多，除烦解渴。又酿以为酒，甘为曲蘖，善醉而易醒。道之固已流涎咽唾，况亲食之耶？"从一个帝王对葡萄的溢美之辞里可以大致推测，当时的葡萄广为种植，它已经是人们日常生活里的珍美果品，葡萄酒的"善醉易醒"，让人对它迷醉。

《洛阳伽蓝记》中记载："南北朝时，白马寺前柰林葡萄异于余处，枝叶繁衍，子实甚大。……葡萄实伟于枣，味且殊美，冠于中京。"在群藤环绕的白马寺前，葡萄架上葡萄藤，葡萄藤间葡萄穗，佛教的兴盛景象也被烘托起来。

　　葡萄随汉王朝进入中原，所结果实不仅仅"子实甚大"，到唐代边塞诗人王翰吟着"葡萄美酒夜光杯"的时候，那种微醺的酒味中，我们能闻到的已经是直达现代的珍果气息。

葡萄舞

　　　她舞，那月光似乎把她穿透
　　　她舞，从脚底那根骨头往上

　　　　　　　　　　　　——翟永明，《时间美人之歌》

洞窟内的清凉和洞窟外的酷烈隔成完全不同的两个世界。盛夏鸣沙山间常书鸿墓旁的热沙几乎将我的鞋底烤化。此刻112窟里的清凉如同将人带入融雪的山谷，我随在参观的人流中，人流缓缓蠕动。壁画阴暗的颜色和沉寂的线条最初并不会那么强烈地感染到人，当你走近，俯身，时光的灰尘在屏住的呼吸中悄然散开，眼睛随同内心就会被一种沉重鲜活的力量触到。我的身子前倾，壁画逐渐富于动感，变得色彩斑斓起来，导游在讲述壁画中的故事，一种历经波折的精神的河流像要冲出画面，破开线条的桎梏。继续这样看下去，眼前有一扇时光之门打开，脑海里有难以拢起的碎片在脆响，叮叮当当。

身边有人说起画面中的舞者，止不住赞叹："看，这脚趾多像一粒葡萄。"听出是个老人声音。我转过头。

那是一个满头银发的老人，她躬着身子，正被眼前"反弹琵琶"的情境吸引。那一刻，她脸上皱纹舒展，荣光流动，像是返老还童。

"葡萄啊！"关于葡萄的想象完全超出了我此刻的感知。壁画中的那场千年盛会正要从历史的遗骸中跃出，我们共同的感受一定抵达了创作者最初的现场，到达了跳琵琶舞的胡女的内心。名动天下的反弹琵琶舞，怎么会和葡萄联系在一起？老妇人带给了我想象的冲击力。

"请问，您研究舞蹈吗？"忍不住冒昧问浑然入画的老人。

老人回过头，一张笑脸反问我："小伙子，你觉得这舞蹈像什么？"我答不出来了，任由老人的话在我心里种下种子。

此刻，想着葡萄舞的此刻，历经几年的沉默，这粒种子开始发芽。

试图写葡萄舞，心里不时问自己：这样的一种舞蹈，该是群舞还是独舞？

各种葡萄的色泽在眼前显现：玛瑙红，墨玉黑，琼脂白，光晕黄，流岚紫，秋水绿，珍珠淡粉……如萤火虫在夜色里飘浮。心里泛出飘动的葡萄之姿，无数浅雾的幔纱遮掩着舞姿——葡萄舞不应该是一种单纯的欢喜，也不应该是一种没有扩展力的满足，而应该是一种紧绷着的迷醉吧。这种迷醉，会引出深埋心底的伤感和柔情，会让人沉浸于舒畅与恍惚——跳葡萄舞的女子，应该是用她肢体的节奏，来拨动观众心里那根茫然的琴弦。

全世界有642种葡萄（野生种和人工栽培种都算），就会有642种葡萄的精灵，果实成熟的季节到来时，哗啦啦，会下起让天地迷醉的葡萄雨。在这样的葡萄雨里，我们的舌尖被葡萄汁划分出多重味觉的区域。这种感觉，时甜时涩，时苦时酸，有时是粗糙直爽的玫瑰色流质，有时是轻微如丝绸一般抚摸过心窝的火舌。

收藏葡萄酒的朋友向我谈起葡萄酒，对我说出他品尝葡萄酒的感受："让你的味蕾和美酒没有间隙地融合，慢慢寻找让你的味觉和葡萄酒的多重滋味共同达

葡萄

葡萄，葡萄科，葡萄属，木质藤本，花期4—5月，果期8—9月，是世界上最古老的栽培果树之一。

到高潮的那种迷离时刻。""很过瘾啊，像在谈情说爱。""哈哈，葡萄酒这个时候是忠实的情人。"他半闭着眼睛闻高脚杯的杯沿上溢出的香气，然后小抿一口。

　　"没有走过葡萄雨的季节，你就不可能懂得什么是葡萄雨。"古来的谚语改装后，成了他嘴里葡萄酒收藏的体悟。当我试图寻找葡萄舞的世界时，朋友提及的"葡萄雨"突然在心里下起。

　　"你吃过几种葡萄？"和朋友的小孩一起吃葡萄，我把剥了皮的葡萄塞到他嘴里，他边吃着葡萄，嘴里不停地问。

　　"品种可多了。你吃过几种？"我眯起眼睛看着他。

"你吃过多少种，我就吃过多少种。"一副很赖皮的样子，他为自己想象中穿越一个又一个葡萄园洋洋得意。

"马奶子、翠峰、白香蕉、粉红太妃、大晶、红玫瑰、美人指……"

"啊，妈妈，妈妈，我们吃过黑天鹅，是吧？"他立即打断我，向他妈妈求助。他妈在厨房里大声附和着，"啊，是，是，意大利吃的，这鬼东西其他的不好好记，怎么把这个记这么牢？"

"广西吃过的毛葡萄，核大又酸，不是用来吃，是专门用来酿酒的；新疆的无核白，像小珍珠一样，最好吃，就是成熟的时候蜜蜂喜欢来和人抢食。还有雷司令，解百纳……"

刚开始，小孩子听得趣味很深，不管自己能不能听懂，非让我讲，也可能是想看是不是能把我难倒。听着听着，自己倒沉入梦乡里去。

葡萄舞里还应该有小孩子的天真和贪馋的笑吗？

乡下家中盖满半个院子的葡萄藤，对我，就像整个喧闹世界里的一片绿叶，绿叶的云层下面，父母在藤架下和来串门的邻居拉着家常，邻里之间，家长里短，种种烦心事，生活卷起的浪花，孩子们的平安，突如其来的成绩，葡萄藤下盖住无数日常生活的阴影。我的一双思念的眼睛，时常会在苍茫夜空中，穿过梦境的云层，看到父母生活中的样子。

葡萄舞里还应当包含溯源直上，包含哀愁的甜美，包含思念的疯长吗？

植物世界是个保守安静的世界。自然哲学里有植物哲学这样一门分支吗？葡萄以流动的味觉和五彩的节奏涌入时间的壁障，和人一起品尝流逝与永在之殇。舞蹈的节奏，是要表达一种无我的纯粹和满满拥抱的宁静吗？葡萄舞里藏着一个苍穹的神秘吗？

等待舞者出现的时候，葡萄舞里沉浸着数不尽的可能。

微笑 Sunshine
2017. 2. 26

院子里的忍冬

是情侣花吗？

不，我是自然的因果。

——《禅宗》

像一把脆柴，或者如一根麻花。用这种方式来形容乡下院子里的忍冬似乎是奇怪的。

深秋，暖风带上了寒气，人与风，由相拥变成抗拒，由朋友变成劲敌。季节里埋藏着自然多变的性格，似乎熟悉，又总是让人猝不及防。忍冬藤上卵圆形的叶子由翠绿变成枯黄，由枯黄转至灰白，干叶在劲风里碎裂。默默的秋声便如江河一般浩荡起来。

一入冬，北方的地气很快变得冷硬，除了少数松柏，保持了一点常绿，所有落叶植物的水汽都被抽离了枝叶，全部集中到生命的核心——根须上去了。忍冬叶落尽之后，纤细的维管的嫩茎，这个时候，在疾驰的季节火车上，就像玻璃花一样易碎。忍冬藤攀援到房顶，织成一个扑满一样巨大的盖头，盖头上盛开过金银花的季节已经不在了。没能缠绕起来的细茎，在寒风的手掌里变成了一握即碎的脆柴。风大的时候，干枯细茎断裂的声响，埋藏在"呜呜""沙沙"的巨大音调里，就像声嘶力竭的呼喊和狂笑当中，有清脆的叹息从忍冬藤间渗出。少数细茎，前串后绕地在老藤中间把自己的身子绑紧，寒风让万物发抖，而这些细藤则能窃喜自己为寒冬所做过的努力。

　　一把脆柴，在西北的俚语里，还有"一点就着"的意思，说明着一种卑微的速朽和无我。脆柴，用另一个词说，就是尘土。

　　麻花指的是忍冬藤的形态，爬藤类植物永远都没有主干，它们的进化必须要攀援。

　　我有一张母亲 20 岁时候的照片，照片上那个胖乎乎的女孩，不仅拥有生命季节里最为美好的青春，而且，一头浓密的黑发正编成两条麻花辫的样子。

　　"把嫩茎编织起来，再把编织起来的麻花辫缠绕到竹竿上。"这是母亲给忍冬藤的设想。听了母亲的话，父亲就到后院柴棚里，去寻找能顶到屋檐下面去的竹竿。

　　忍冬藤的木质纤维的柔韧度不高，忍冬枝条维管管壁细胞的排列非常疏松，

这让它没法像木质化的葡萄藤那样承受巨大的重量。

春天，忍冬藤的嫩芽带着自然精灵绿色的生命气息，就像从一场梦境里醒来的天使，忍冬藤满身都会冒出星星般的绿点，不过几天时间，绿便会绕遍忍冬藤的全身，丑小鸭一样的忍冬藤，很快变身为天鹅，要改叫作金银花了。

五月六月，母亲开始在院子里叫我从书房里出来："育，出来看，金银花开得很繁。"如果我在书房里呆着不动。

她说着："金银花又开了一些！"我依然坐着不动，手里的书本在翻，心里有个新绿的世界在动。

她继续说着："能闻到花香了。香味很浓。"母亲在院子里，把一个金银花世界的浪涛涌进我寂静而又喧闹的书中世界里来。

金银花

金银花，忍冬科，忍冬属，又名忍冬。金银花最早栽培记载见于宋代《苏沈内翰良方》，金银花的名字出自《本草纲目》。

金银花由这个季节开始会一直开到八月九月。

忍冬藤近旁种了一棵迎春花。初春，迎春花鹅黄鲜亮的裙装夺了整个院子里草木的光彩。这个时候，忍冬藤上冒出来的成片的嫩叶就会探着头，看迎春花的美如何迷倒周围沉睡的草木，收集那些一走进院子，就发出赞叹的话语。迎春花说开就会没边没际地开起来。因为是早春，迎春花的娇艳没人能够夺走。反倒是金银花开花的盛期，和万物的花儿共迎着季节的扬起，旁边已过花期的迎春花就会惊讶地看着身边这个越来越娇艳的姐妹。美的争芳，在小小庭院里则成了色彩繁华的探究和争鸣。

金银花的金花是亮黄色，带着尊贵的矜持，我吸吮过花心，品尝过香甜，那种甜味，稍多会生腻。金银花花蕊里的甜，像是让我嗅到一片安静的土地，它一瞬间出现，像是从久远的地方来到面前，这种深远又贴近的神秘，让人想要倾倒在金银花的蜜露里。白色的金银花和黄色的金银花就像双生子，又像一对天生的恋人。

中药房的中药匣子的标签上，看到忍冬藤、金银花。

"这还是药啊？"

"去燥，安神。"

一年里金银花开到最盛的时候，和父母一起摘金银花，母亲说要把它们晒了做金银花茶。我踩着双排的高架梯子，宽大的棉布铺在忍冬藤下，周围包围着阳光，嗡嗡叫的蜜蜂，翩翩飞舞的蝴蝶，我把散发着清香的金银花从高处一把一把洒落。在藤下帮我扶着架子的父母，在那一刻仿佛变得年轻。而我，把自己隐入这样的花草世界，仿佛要消失到神话的影子里。

有永恒的世界吗？我寻找的美！

有孤独的世界吗？那朦胧的从来都没有远离过我的爱！

生如抱石莲

黑色激情——

孤独的忧伤——

……这里头藏着火

——[土耳其]奥尔罕·帕慕克,《伊斯坦布尔——关于一座城市的记忆》

在发表单篇文章时,我常会用到"一石"这样一个笔名,抱石莲这个名字让我想到自己身心的扭结。土耳其作家奥尔罕·帕慕克在他著名的自传性作品《伊斯坦布尔》中说到了一个文明的"呼愁",这也让我想到"抱石莲"这个名字。

所有坚定的人,因其固执,必定会是一个火花四溅的人。不是说他在现实的场景里如何与昙花一现做抗争,而是说他把一个似幻似真的目标当作永恒。多数固执的人都以失败者的身份结束自恋,说得温和一点,生活的河流里更多的是退而求其次的人。也有人一生如抱石莲,让自己进入某种退无可退的忧伤,紧紧抱住确定要坚守的那块冷硬,并且在不断流逝的岁月时光中,想象用自己微不足道的一点生命的微热,让怀中顽石,有朝一日,熔成垩粉,化作沃土。并且在这样一点土壤的积聚中,种出梦境里的千亩良田,万亩浓林。

属于水龙骨科骨牌蕨属的抱石莲永远都不会开花,称作抱石莲却不能开花,这就是事物真相的可怕之处。它生长在大自然的阴湿之处,看到阳光偶尔投下一方温暖,就立刻选择这个温暖之地,抱住这个坚硬之物,把自己细小而又坚韧的根茎扎进石头损朽开裂的缝隙,或者紧扣石面上形成张力的凸起。说抱石莲永远

都不会开花，可能有些武断。有些植物的神秘之花不是开给众人的，只有那些既看到过它被风吹动的生命表象，又看到它倒伏在烈日之下的萎靡，懂得它存在的价值，不以它的残缺弱小鄙视它，也不以它独一无二世所称慕的容颜阿谀奉承它的人，才能在某个意外相遇的时刻，水天流成一片，心神融合成阳光，雨幕安然落下。抱石莲银芒一样的花，劈开幽暗，像伸出心底深藏不露的喜悦，把自己的面纱揭下。对抱石莲，这就像是一份馈赠，馈赠给某种陪伴，馈赠给某种坚持。

帕慕克说，"呼愁"，不是愁已经存在，而是因为它不存在了。

"他受苦，因为他受得不够。"

抱石莲说："我紧抱坚硬，不是我喜欢这样，而是因为，在我心里，并不存在坚硬，当我柔软的生命找到围绕而生的那个中心，这份坚硬，石头般冰冷，但对我，它不再是一种自然催逼人的压抑，而是我蔓延滋生的温和宁静。"

因为"呼愁"的特质，帕慕克给整个伊斯坦布尔赋予一种忧郁阴沉的基调，这座曾经奥斯曼帝国的中心之城，曾经的荣耀，屈身在现实的阴影里，最终成了某种"呼愁"里弥散出来的"黑色激情"，使浸泡在时间里的伊斯坦布尔获得一种挥之不去的伊斯兰世界的期盼之伤。正是"黑色激情"和期盼之伤的糅合，让人看到古老的伊斯坦布尔身上弥漫的哀痛和它躯体上浮现出来的废墟般的腐朽。阅读他的这本《伊斯坦布尔》，体会这种忧伤，并且把它映照到我的内心，伊斯坦布尔的东方仿佛正无限逼近我生活着的华夏大陆的东方。西方文本里，伊斯坦布尔的东方曾经是洒满乌金的土地，而华夏大地的东方则是铺满了丝绸和黄金的国度。乌金和黄金的本质不是那种众所周知的物质形态，而是一种神秘又敏感到试图使美的尊严保持永恒的愁绪，这种愁绪浸润着一个民族的心灵，则让一个文明，在其衰竭时，有忧伤的圣歌，在其强盛时，有富饶从容的多态。

抱石莲的生物形态是如此简洁，它在高大林木和绚烂花朵的影子里，紧抱布

伏石蕨

伏石蕨，别名抱石莲、金龟藤，蕨类植物，骨牌蕨属，常生阴湿岩壁、老树干和水流边的石头上。

满青苔的石头悄然生长，在石溪的路畔，在朽木和腐草成堆的地方，抱石莲竭尽全力，让自身寻求某种突破的极限。

　　一个母亲带着刚学会走路的孩子走上林中的小径，她放手，让孩子独立往前走，看看长了青苔的石头上，孩子的脚步在湿滑的环境里，如何让自己安然通过。孩子走了几步，半弯着腰，紧张地望向母亲，突然"呀"地跌倒，膝盖擦过石头硬硬的棱角，几乎滑进流淌的溪水。母亲一声惊呼，一把抓住孩子的后领。无辜的抱石莲和无辜的孩子，相互被萌芽状态里的醒悟惊动。孩子天真的脚印里不觉哀愁，没有脚的抱石莲不知道怎样呼喊。抱石莲，它被一个充满柔情的年轻母亲当成试练的平台。一转眼，孩子腿上刚刚被石头擦伤渗出血丝的划痕里，惊恐和伤痛散去了。小孩子揪着抱石莲兔子耳朵一般稀稀落落的茎叶，发出咿咿呀呀快活的笑声，为战胜恐惧，为得到妈妈的奖励，好像更增添了他涉水的兴趣。母亲的脸上浮现出释然的笑意。石头下面的溪流中，浅浅营居着一个活物灵动的世界。河蚌，泥鳅，小鲤鱼，它们穿过流水的岁月，穿过生死的夹缝，游动在阳光轻轻照进来的方寸之地。

抱石莲没有动，石头没有动，唯有人影在动。

在抱石莲身负自身与大自然的呼愁的重叠影子里，我们看到冷漠的生死覆盖着冷漠的生死，遗忘与遗忘相互连接。唯有钻入深层，去体会生命的隐秘，一个生命与另一个生命之间，才能驱散那旷日持久的冰冷陌生。

脚步在延伸，心在跳动，生命的愁与喜都聚集于此。脚步的延伸和心的跳动，目的都指向着一种圆满。人世间，存在着值得为之付出一生去追寻的圆满的彼岸吗？

帕慕克说："'呼愁'表达的是我们内心的失落感。阿拉伯语里，'呼愁'是'忧伤'一词的词源。"

汉语里，"忧伤"一词的词源又来自哪里？是我们的祖先经受过的苦难和经历的荣光，被时间的风沙卷成碎片，我们站立在这碎片的废墟里，感觉到一种难以抒怀的别离，被一种难以言尽的拥有充满，感觉到了世间爱的存在，这个时候，忧伤的源头和它正在流经的河床才变得富有价值。

抱石莲抱着一块冷硬的石头，却用柔和嫩绿的心在生长。流水因为抱石莲，生命仿佛溅出了水面，山岩和碎石在抱石莲的怀里掩蔽了千万年岁月积沉下来的沧桑。

记起一句老话：智慧是忧伤的孩子。

叶中世界

孩子问母亲："妈妈，瓜子皮是瓜子的什么？"

妈妈说："瓜子皮是瓜子的家啊！"

按这个方式一路问下去。

……

"妈妈，大地是树木的什么？"

"大地是树木的家啊。"

"妈妈，树木是叶子的什么？"

"树木是叶子的家啊！"

"妈妈，叶子是大地的什么？"

"叶子是大地的——"妈妈有些怔住了。

"叶子是大地的家啊，这个都不知道。"五六岁的小男孩责怪着发呆的妈妈。

——坐在长途公交车上这对母子后排的我，听着母子俩没完没了的对话。

"叶中世界"，这个标题是这对母子给我的。

大自然里的每片叶子都是美丽的，独一无二的。它的美和它的独特，是因为它是从一棵生命树上长出，又从那棵树上剥离的。生与死、爱与恨的历程里它圆满过。而踏过叶子往前行走的人，正走在他感受世界的旅程上。

朋友曾为我画过一片叶子的插图，金黄的叶子落在石头上，叶边被岁月和阳光灼出一处处凹陷的伤痕，叶脉若隐若现，既像偾张的肌肉，又如蠕动的神经。这片叶子把我引入它的立体世界里，好像一片叶子也有一种自我完成的生命。

叶子放大的横断面，结构看起来像是一个悬浮的溶洞。这个洞穴的构成，上表皮是一层细胞壁厚实的细胞组织，这层细胞组织能够角质化。在植物化石标本中，我们看到的叶子形状，都是这层组织细胞角质化后保留下来的物质残余。叶子坚固的表皮细胞，也为叶子成为植物身上两大营养交换场所提供了物质条件（另一个营养交换场所在根部）。

叶子的下表皮和上表皮功能类似，也是叶子上营养室墙壁的一面，下表皮上分布着气孔，这些气孔调节着叶子的内部张力。当叶子吸收水分过多，细胞膨胀，气孔就会张开，植物体内多余的水分就会扩散到空气里。气候干燥时，细胞收缩，气孔就会自动关闭，尽量减少植物水分的蒸发。沙漠戈壁地区，植物的叶子进一步分化为茎状叶，如刺叶藜和梭梭柴，叶肉变厚甚至完全变成茎的样子，这种进化使得植物水分的蒸发减少到最低限度。植物这种适应自然环境的变化，反映了植物进化中极为保守的一面，植物界的进化达到自我满足就进入到了一种适度进化的过程中——植物本身是适度进化的物种。动物界的进化比植物界进化超前的地方在于，它们开始主动地寻找进化的平衡。产生了自主意识的人，则突破了这种进化保守观的界限，不仅主动寻找进化的平衡，还让自我达到适度满足，由适度满足达到想象中的欲念满足。而欲望是个无底的黑洞，它不仅无法被满足，而且还会自我伤害，人对大自然的无限渴求，往往被自我伤害重新推回理性。

在叶子的上表皮下面，分布着几层疏松排列的栅栏细胞，栅栏细胞里有大量的叶绿体，正是这层细胞的颜色，让我们在春夏看到叶子是绿色的，在秋冬，见到叶子成为金黄和赭红。栅栏细胞里的叶绿体，并非固定不动，它会随着光线的强弱在叶子内部做微量的游弋，强光下，它会自动避开高温的伤害，弱光里，它

叶子

并不是所有的植物都有叶子，部分植物的叶子随着环境的变化，改变了形态，成了根，成了茎。叶子是植物爬上陆地的第一道身影。

会蠕动身体趋向弱去的光源。可见挂在树枝上的叶子，并不是一动不动的呆瓜。

栅栏细胞下面，还疏松排列着海绵细胞。海绵细胞是叶子洞穴结构中的缓冲地带，也就是这些海绵细胞和下表皮的叶肉细胞组成了叶子内部洞穴相互交织的空间。这个结构空间和下表层的气孔连通，让一片叶子随时和整个外部环境保持着开放式的对流。海绵细胞和下表皮细胞组成的开放式通道，如同自然和植物进行交流的一个缓冲大厅。这是植物达到自然适度满足状态的一个条件——始终保留开放性的交流机制和行动机制。

叶脉是整片叶子的骨架，叶子中间最粗的为主脉，沿主脉发散开的是支脉，支脉又在叶子表面分化成无数脉网的框架。所有叶脉都由具有吸附功能的维管细胞组成。和人类世界相印证，在叶子世界里，叶脉就如同政治体制、法律框架和交通网络，没有这些框架性的结构，一片叶子就无法成型。

叶子和整株植物的沟通需要叶柄，通过叶柄里的维管和茎接通，这样，一片叶子既拥有了自己的世界，同时也融进了整株植物的变化世界里。

叶中世界，是个适度满足的开放世界，这也是叶中世界的平衡。人类作为食物链最顶端的存在，天然地认为，自己虽然来自自然，但也应该是自然万物的主宰。人类和植物世界有着天然的差异，它永远只能是一个欲望的满足者，而不可能成为生命的适度满足者。叶中世界反映出人类的悲哀，也让每一个人的命运染上灰暗的颜色——我们在茫茫世界中寻找的那个无处安放的灵魂，其实是一个贪婪的灵魂，而不只是一个孤独的灵魂。

我总想着写一本书，文字都落在叶子素描的空隙当中，在书里，叶子并不是个单纯的背景，而是生命身处世界的象征。如此细加解剖的叶中世界，会和这些所谓追寻灵魂的文字对应。它们相互质疑着自己，也质疑着对方。但我不知道如何写这样一本书，我还没有找到一个合适的故事，来在叶子中间安放一个奔跑的生命。

微饱 Sunshine
2017. 1. 26

"长得太疯了！"——马莲[1]

很久很久以前，马兰山在神花马兰花的庇护下成为了动植物的乐园，马兰花的守护神马郎意外救起山中采药的王老汉，邂逅并爱上了王老汉的女儿小兰。小兰的孪生姐姐大兰嫉妒并向往妹妹的生活，被图谋不轨的山妖诱骗，和山妖设计陷害了妹妹，冒充妹妹和马郎上了马兰山。山妖利用大兰的虚荣心盗取了马兰花，试图霸占马兰山……据说神奇的马兰花能实现持有人心中的愿望，但山妖并不知道，只有心地善良意志坚定的人才能激发出马兰花的神力。大兰认清山妖的真面目后，回心转意，为自己所做的事情痛心不已。最后大家利用马兰花，合力战胜了山妖，妹妹小兰也在大兰对马兰花的祈祷中重新复活。

善与爱支撑着人类的希望，并使人相信，每一天阳光的照耀并非天意，是有原因的。

——电影《马兰花》故事梗概

端午节的前两天，有事要忙了。

"育，去取一把马莲。"母亲在厨房里对我喊。

"好。只取一把吗，还是多拿几把？"我站在房檐下面的台阶上，对着蒙了一层草绿色细格子纱窗的厨房窗户大声问。

---

1 鸢尾科鸢尾属的马蔺，西北发音叫马莲，讲故事的时候又变成马兰花这个名字。

"拿一把就够了。拿来用温开水泡上，下午包粽子用。"

紧靠着厨房堆满了杂物的棚子里，地面被土碱蚀出一层潮乎乎的浮土。我把压在装马莲的竹条篮子上面的几个破纸箱挪开，呛人的浮尘随之飘荡在空气中。那个大半年没有打开过的竹条篮子，一打开，扑面一股土腥气。整齐摆在竹篮子里的十几把马莲露出干枯灰白的身影，好像远古祭祀的物品一动不动保留到现在。

五月五的声音由时间的一双巨手在大地深处和高远天空上相互拍击，发出超出耳朵之外的轰响。沉睡中的马莲被节气流转的氛围唤醒。

马莲的窄茎非常的干燥，抓在手里发出"唰唰"脆响。我取了一把马莲，来到飘满蒸汽的厨房里，雾气弥漫中，一股麦芽糖的香甜让人胃口大开。我和母亲被这样的蒸汽包围，相互看不清对方的身影，热气在脸上流动并不显得闷热。我尽量小心，不和母亲撞在一起。

我马马虎虎调试的温水依然有些烫手，马莲一放到水里，干叶子就会发出"吱吱吱"狂饮的声音。母亲把手往水盆里一浸，又快速从水盆里缩回来，"怎么这么烫？马莲会脆，绑不牢粽子！"她边怪怨着我，边从水桶里舀了半勺凉水倒进水盆。马莲叶子灰白的色调像是从沉睡中苏醒，渐渐变成灰绿。

叶子浸泡过半个钟头，吸过水的细茎就要用手揉捻。母亲说，"让筋骨舒活"。

和南方包肉粽不同，每年端午前，西北包的都是蜜枣粽子。

最早是外婆，之后是母亲，手把手教我如何将湿漉漉的粽叶卷成漏斗形，漏斗底端填上几个蜜枣，然后将泡好的糯米一层层覆盖压实。等漏斗的口沿填满后，粽叶的封顶，总是那么难，我训练过多遍，不是有米粒漏出，就是绑得乱七八糟。女人们的手指那么的灵活，用柔软坚韧的马莲打成一个漂亮的双层十字包。煮好的粽子，一拉开马莲的活结，一个粽子就会轻轻松松打开。

我后来离家，到天南海北去，见过龙舟，自己也写过屈原在草木世界里的精

马蔺

马蔺,鸢尾科,鸢尾属,又叫马莲、马兰花、旱蒲,原产中国,多年生草本宿根植物。马蔺耐旱,尤其适应盐碱地。在草原、荒地,马蔺花的盛开更显大自然的美丽。神话故事里,马兰花的神奇所指的也正在这里。

神跋涉，但端午节最使我亲近的仪式，依然是记忆中打开的那个喷香糯软的粽子，一碟白砂糖或者半碗琥珀一般的蜂蜜，糯软的粽子和这些甜甜的滋味混合在一起，外婆和家人一起把那棵原本单薄的生命之树围拢得周正高大起来。

院子屋檐下的瓦槽中间曾种过好几排马莲。马莲颇含底气的生长不惧怕任何天气。它的根、叶、花总是自信满满地把属于自己的一块小天地撑开。

"育，把马莲割了，晒到院子里。"长在院子房檐下面瓦槽碎石中的马莲一墩一墩长起来。马莲穿行在地下的根形成一个生命力旺盛的世界。靠近房门口的几簇，被出出进进的脚印踩得平摊到泥里，还以为第二年这几簇会死掉。没想到在春天，嫩叶尖如刀锋，戳出硬硬的泥土，脚印的踩踏从未使这些马莲气馁过，相反，新一轮的生长倒更激发了它们旺盛的生命力。

那种倔强、固执的秉性，引导着生命潜能的潜滋暗长，生命的快慰之事还能比这个更多？这种秉性也一定潜藏到了这个家庭每个人的身体里。这种自然的滋味压进生命的骨骼，生活中无限的引力，将人的意志吸引到内心。各种挫折变成了适应的机能，这种机能又激发人去爱，去拥抱勤奋和天赋绽放出来的光彩。

用锋利的刀刃切割马莲成熟的细茎，当刀刃割断那些柔韧的纤维时，纤维的断纹处会传来嘎嘣嘎嘣的脆响。这种收割释放了马莲生命价值的期望，也让收割人心里有了一种和自然交换生死的满足。

当然，马莲强韧的生命力也会带来坏处。它的根茎会蛮横地顶开石砖的缝隙，顶破水泥的薄层，影响到房屋的地基，占据其他草木生长的空间。

"这些马莲要挖掉，长得太疯了！"父亲说。

用镢头抛开碎石子，然后开挖到马莲的根部。"这死草挖都挖不干净。"挖马莲会让人烦躁，它的根像蛇一样在地下飞窜，这些根能嗅到水的湿气，能听到松动泥土的召唤。在肥沃的土里，马莲会长得更不客气，但面对干燥的土地，它

也不挑剔，它的根会像蚯蚓一样把硬硬的土石顶开。它对依靠自身努力营造一块适宜生长的土地乐此不疲。

挖净了马莲的根，填平土。

母亲说："可以种上石竹、瓦旋儿（也就是瓦松）、水玛瑙、太阳花。"

"我到邻居家要棵蔷薇。"父亲说。但很难不保证第二年，马莲没有刨净的根会从某道缝隙里钻出新芽。

"育，去摘马莲花。"在马莲的花期引来大群的蝴蝶、蜜蜂之前，母亲这么催。晒干摘下的马莲花，可以用来泡马兰花茶。马莲的花色，由浅蓝、明蓝到紫蓝，占足了蓝色的基调。其实，鸢尾科的花儿都有些妖娆。人类的审美观对百合、鸢尾这一类花儿情有独钟，它既满足人对美分解和聚合的想象，也诱导人把自己深陷入对美的破坏欲里。马莲的花吸引我的倒不是去观察它的外花和内花花瓣的交叠，我喜欢吸食马莲花花管里一点点甜到醉人的蜜露，好像自己如蝴蝶蜜蜂，尽情贪婪地把嘴唇极力亲近马莲的花心，去获得一朵花一生的精华。马莲花见识到了我的好奇和贪婪，将繁盛、慷慨和热情给予我尽情放纵。母亲并不管我心里怎么想，她让我赶快干活，不要只知道贪玩。

和鸢尾科鸢尾属里大多数的花儿相比，马莲的花朵只能算是精巧，简约、奔放的马莲花，和饱满、雅致、神秘的溪荪、黄菖蒲、德国鸢尾、银苞鸢尾……这些鸢尾属里的美人们相比，就像是从史前世纪进化来的。

我从逐渐开始醒悟世理，便一直期望着拥有自己缺失的坚韧，期望着去得到心中渴慕的美，更期望着这两者融合生成的神秘。

摘完马莲花，站在院子中间，抬头望，就能看到黄土高原的缓坡，丘陵上柔和曲线里有如云的麦田，阳光和雾霭互生着呢喃，土地和天空中隐现一道道的台阶。土地的狂想，在陷落中跃起，形成了眼前显明的沟壑峰峦的地貌，这样的地貌框住生活其中的生命，好像一个人一种物件再难跃出大自然制造的这个樊笼。

马莲的秉性这个时候在我心里翻腾起来。

人生的际遇着实难测。小时候，在露天电影院看《马兰花》，我真的相信过，每个人的一生里，至少会得到一朵属于他的马兰花，这朵马兰花会帮着他，在最艰难的一次历险中，从苦境空茫的此岸，渡到怡然有致的彼岸。

每个人是不是都怀揣着相似的信念，同时又被这个信念怀揣着？

微饱 Sunshine
2016.12.30

在舌尖上燃烧——七寸红

朋友问我对水墨山水画的认识。我对绘画，就如同我对音乐，五音不识，五色不辨。但站在一幅画前，感受到那么多的情绪扑面而来，突破不同艺术栅栏的，不是技艺、观念，而是好恶、美丑最直接的冲击。在味觉里，我也时常由情绪的冲击判定我的好恶。

——艺术日记

辣椒在味觉中，就像味蕾的灵魂在舌尖上燃烧。在中国人舌头的山脉上，辣味对应着热情、酣畅，它推动着味觉，就像浪赶着浪。

一方水土养一方人，四川人、湖南人、江西人、贵州人好像拥有自由谈论辣椒得天独厚的条件，辣味是他们秉性中的一个原乡，是他们一生下来就被唤醒的舌尖上的日常，也是他们最早苏醒面对世界的个性。这种热烈、直接、外向、彪悍，无形中更容易拉近心与心之间的距离……

"那你是不知道，辣中有阴柔……"

虽然做销售工作要面对各种人各种事，依然有点不习惯重庆朋友这么说话的语调，"老兄，和我相处，你就把胸怀放开，把心打开，担心啥子嘛。"

火锅里的辣椒在勺子上明晃晃的，沸腾的鸳鸯锅，一边如熔岩，一边如冰泉。两颗心，向内向外，差异如此鲜明。

我的辣味是什么样的？

西北人的味蕾，酸辣皆宜。在中国，干辣、麻辣、胡辣、酸辣的边界带上，

酸辣算是味觉火焰的中道。酸具有侵蚀性，余味总是回涩。西北人对酸的兴趣，和这片干燥贫瘠的土地紧密相关，酸可以分解苦味，同时让更多食品转化特性，得以保存。可能西北人的胃酸浓度相比中国其他地方要稍高一线。酸涩而滞重，是一种敏感固执性格的特征，同时也保留下来不得不为之生存而奋斗的苍凉和悠远。辣倒更像青春的火焰，将酸的涩味中和，将沉睡的食欲唤醒。

西北的辣椒主要是线椒，一提起色泽如墨玉的线椒，一股早已习惯由辛辣培养出来的应激性就会在舌头上燃烧，唾沫会止不住吞咽。线椒里最常见一种是七寸红。所谓七寸红，成熟变色后，长及七寸，红如火焰。这火辣辣的名字，像黄土高原上高亢直接的情歌，又像朴实奔放的舞蹈。

狂想的风暴，欲望的钻头，滋味的海洋，每个人一生的轨迹里填满了这样的纷争。七寸红浸养的辣味就是我味觉海洋上一艘永不沉没的航船,历经一个个港口,在拔锚起帆的航程上,味蕾自己会捕捉到那种自小熟悉恰到好处的辣味,这辣味一直在提醒我,我生命源头的发端。人生的所得所失在日日精进和浅尝辄止之间徘徊,七寸红的辣味就像我对生活得失的态度,中和、固执地执行着内心的指引。

因为在江南读大学,西北浸染我十多年的坚硬粗犷,突然加进来一片精致细微的绵密,那份温柔朝着我的内在深处推进,又在安静中让我感觉到世界的留白。江南的味觉,经历辛辣涩苦的驳杂,进化到清淡深处的浓稠,这清淡又在潮湿的水乡里,变出甜丝丝的多层面目。但我实在适应不了这种甜而腻的饮食习惯。甜在酸和辣的中间没有设置合适的缓冲地带。第一次吃到白糖拌土豆丝,来自半透明的甜脆立刻让我的味蕾溃败。

渐渐坐着船儿看荷花开,江南的烟雨容易勾起人的回想,也诱起人内心无穷的温软细腻,祖先典籍中古老语言里生成的礼节,我才从中意识到看似平常其实大有深意的仪式感的法度框限。我爱上了这种意识感里裹着的甜滋味。红糖、酱油做成的糖醋茄子,不再让我退缩。在我习以为常的酸辣的味蕾中间,甜的滋味成了树影婆娑的山林后面挂着一轮玄月的远景。

在深圳,常吃湖南的"扑怀之辣"(辣到忍不住解开衣扣),吃四川的"挠脖之辣"(麻到后脖颈发凉),七寸红在辣椒的尺度里从小培养起来的耐心在我的舌尖上浮现。发现自己对辣有宽泛的韧劲,一股柔和的耐心在干辣和麻辣中间找到了平衡辣味的支点。品尝到味觉火焰的高段时,扑怀之辣和挠脖之辣帮我轰开了味觉的大门,这让我在勾画味觉山水画的起伏与幽静时,感受到了浓墨淡彩互置空间的冲击。

在广西,我尝到过"尽辣为苦,过犹不及"——那是辣味的黑色经历。

广西有种朝天椒,一寸长,小拇指粗,成熟时颜色米黄色,那种嫩闪闪的米黄,

七寸红

七寸红，茄科，辣椒属，辣椒的一种。辣椒原产拉丁美洲的墨西哥，由哥伦布发现美洲带入欧洲，明朝传入中国。清朝陈淏子的《花镜》有辣椒的记载。

怎么也没想到会如此藏拙，一点看不到其中的老辣酷烈。在街边的小店吃河粉，拌了一点黄色小米椒做的辣椒酱。入口后才发觉上了辣味的贼船，没吃几口，就满头大汗，牙根到耳根辣得生疼。味蕾一下子点燃了还不要紧，重要的是辣味不断攀升。那种辣味，触及味蕾，舌苔上犹如过电。我擦着汗，喘着气，吃那一小碗河粉，吃到味觉陷入麻木苦涩中。这种朝天椒的辣在我味觉的图画里，就像玄月之外漆黑的夜空。辣极至苦。苦，在味觉中，是最为浓烈的滋味。它在味觉的山水画上染成激流和险滩，并把这种滋味隐藏到舌头的根部。像是面对某种挑战，我看着剩下的半碗河粉落荒而逃。这家河粉店倒让人念念不忘。

七寸红长到褐青，正是辣椒素最多的时候。这样的一根七寸红，蘸着盐，佐着热馒头，我一生都不会放弃这样味蕾上的极致体验。这和美食的劲道无关，而是激发着我童年对馋这样一种恶趣味的狂想。

七寸红，长条紫茄子，大葱，肉片，爆炒，这就是辣椒炒茄子。它和浆水面，尖椒土豆丝，这三样菜经过了外婆、母亲、父亲的手，在烧得滚烫的柴锅里翻转成形，成为西北这片土地令我迷醉的三样美食。这些食物里埋藏着神奇的旋转的陀螺，是我人生味觉塑造成形最基本也最深刻的历练。

野地磷火笑——藜族

草木，不管大小，都是自然的奇迹。自然的奇迹，不仅由苍天大树召唤，它也在不起眼的小草上吟唱。了解一个事物，不仅要懂得向上看，看高贵、勇气、尊严和智慧的光辉，更要知道向下看，看到叹息、呻吟、抽泣和无奈中存在的真相。

——[苏联] 康·帕乌斯托夫斯基，《金蔷薇》

灰灰菜

春天，绿色烂漫于山野。清晨，雾气把露珠挂在草茎和花朵的眼睑上。在北方的寒气中，灰灰菜的叶面上盛着露珠，微风吹翻叶子，露出叶子背面一层晶莹的灰粉。粉背含绿，灰灰菜就是由此得名的。

一个名字能被传承，这个名字一定简洁顺口，既综合了一个物种的特征和内涵，又会在这个名字里，把这个物种的秉性中携带的独具特色的利箭射入人心。

在爷爷没有去世的时候，嘴碎心善长着一张磨台嘴的大姑姑，每到深秋，总会给家里送来自己夏天晒制的灰灰菜。大姑姑知道爷爷喜欢吃这种野菜，那是从苦日子里过来人的胃口。西北的寒冬，缺少新鲜蔬菜，她总会专门为爷爷储备一些。

"你爷爷喜欢吃，你爸爸也喜欢吃。狗狗娃（西北方言，指小孩，这里说的是我）怕是不爱吃了。"大姑姑个头不高，人却干净利索。

藜是北方最常见的救荒野菜，它是十足的粗粮，司马迁在《太史公自序》中写道"藜藿之羹"，说的就是艰苦生活里人们的饮食。小尝一口凉拌灰灰菜，混杂着涩味的灰灰菜，咀嚼起来有一点吃枯枝败叶的感觉。我当时没有理解大姑姑话里的意思，没有尝过苦难，自然吃不出这种涩味的独特。

多年后，城市生活将我的人生改换成另外的面目。在住所的对面，开了一家西北菜馆，菜单上看到凉拌灰灰菜，点了来吃，口味和小时候的几乎毫无二致，真是意外的惊喜。品尝着灰灰菜的清爽，曾在舌尖上留下的涩苦，一下子变成了野趣。

记得大姑姑将晒干的灰灰菜浸入冷水里，这叫泡醒，再用温水泡软，捏干水渍，调上麻油、香油、蒜蓉、盐，拌上辣椒丝，就可以入盘。有时她会问一下爷爷："爸爸，要放辣椒油吗？"那是要给爷爷换一换口味。放上辣椒油之后，我倒喜欢吃了，灰灰菜的味道变得五颜六色。在唇齿之间，灰灰菜汁液里的涩苦滋味弥漫出来，涩味后面又会渗出别样的甘美。

这种味觉的音乐，很难描述那种简单、质朴、耿直的旋律，没有喧哗，也没有醉人的刺激。这种滋味没有共同经历就难以说起。

"去拔草喽！"放学后，小伙伴拉长了声音在家门口喊我，尾音绵长而焦躁，显出欢喜和等得不耐烦。拔草，就是去打猪草。打猪草的时候，摘得最多的，都是灰灰菜，反枝苋。这些野草把根扎进黄土沙地，漫山遍野、沟渠坡洼，不惧干枯，借一点雨势就会疯长。我们在野地里边玩耍边帮家里的忙，在土崖中间跳跃，攀爬，释放少年的野性，和狂野生长的草木一起，摔打夯实生命的韧性。

《诗经·小雅·十月之交》说："彻我墙屋，田卒污莱。"拆墙毁屋，污水横流，田地荒芜。为政的小官，力不能竭于民政，心却在悲愤中泣于国将衰亡。周幽王时的下层小官，原本应该勤勉政事，面对贪婪腐蚀的权力，徒留心中的哀痛。一个国家根基开始腐朽的样子，就是小人当道，百姓的房屋损毁，田野里野草疯长。《诗经》里的歌调，借着写实表达出警示。污水里死气沉沉的"莱"，《朱传》解释：

就是灰灰菜。

我挎着竹篮，走上山间，灰灰菜在野草丛生的路旁，窥探骄阳洒遍世界，我纵身越过一垄垄土埂，跑向路径迷离的山地高处。那个时候，我并未听到灰灰菜里忧患千古的歌调，也并未意识到世间有灰灰菜。我气喘吁吁地跑过童年，跑过少年。关于灰灰菜的碎碎念遗失在路上，就像有金币遗失到时光的草丛里，等着有一天我去把这些大地的财富一枚一枚捡拾起来。

藜族生活

灰灰菜的大家族就是所谓的藜科，藜科植物除了少部分是木本（像戈壁和盐碱草甸地带的梭梭柴）外，其余都是草本。藜科植物喜光，耐旱，它们不喜欢茂密繁盛的森林，却会选择荒凉干燥的旷野，风沙肆掠的戈壁，以及盐碱侵蚀的不毛之地，把根深深扎下去，展叶，开花，结果，蔓长。

黄土高原上，藜科植物种类繁多，这里聚集了中国200多种藜族植物的大部分品种。由藜科植物的分布，也可以看出西北土地的特征：干燥、荒漠和土地盐碱化。藜科植物生长的区域，潜藏着人与环境的激烈对抗。

我是在这样的环境中长大的，我知道这些植物怎样和自然进行交融和呼吸，一颗童心在藜科植物的细茎中间飞翔过。日后，以自然科学和人文美感的心去体会这些植物的存在，走入一个个国家森林公园，审视人和自然、人与环境相互的依存，写下内心的触动。这种人生选择，必然也有乡土扎下来的根。包围在自己周围的乱纷纷的藜科植物，比如菊叶香藜、灰绿藜、水灰藜、猪毛菜、梭梭柴、扫帚菜（地肤）、菠菜、盐爪爪……都像是构成自己身体的一部分。世界的多样性极为奇怪，不同物种的存在就像一把打开扇子的不同褶皱，褶皱之间可能永远

藜 　藜，藜科，藜属，一年生草本，别名灰藜、灰条、白藜，叶片菱状，茎有棱和绿色或紫红色的条纹。嫩叶可食，古代指粗茶淡饭，《史记·太史公自序》中说"藜藿之羹"。茎可做拐杖，称藜杖，质轻而坚。

都无法相见，但大家在一起组成了扇子这个整体，这个整体又会共同阻挡风沙，阻挡盐碱地的侵蚀，让生命的连续和丰盛保留下来。

傍晚的余晖里，穿过旷野，眼前星星点点泛着金色光点的落日让人心潮起伏，朋友突然说："你看，眼前一片'野地磷火笑'。"什么是狂野深处的磷火？什么是寂静世界里的笑声？内心的琴弦突然变得尖锐起来。荒草中泛着紫红的藜，高过人的头顶。我们一直在野地里走着，荒野因眼前藜科植物的繁盛更显荒芜。旷野的荒凉穿过了黄昏的沉寂。我回味着"野地磷火笑"的鬼魅，心里涌出想要把什么东西点燃烧起来的冲动。

藜，西北方言叫灰条。遇上这么叫藜的人，我会认出他来自哪里，我会在他的身上感觉到和我身体里相似的勤勉、诡谲和固执。

生在乡村曾是我很长一段时间里的自卑，从容与多样性在我身体里曾经是枯竭的。羞涩与贫乏更增加了我的封闭。我一直在进发，没有一刻歇脚。从乡村进入城市，又从一座城市迁徙到另一座城市，又在城市里，重新接近山川与荒野。不管生命还是自然，我不断在走入纵深，就像从人生的多个平流层中间穿过。

在写作中，我逐渐意识到自己从一个荒野的背景里诞生，这个背景给了我从泥土的根上开始的机会。这个起点足够低，所以让我有幸将生命的区间占得大一点。正是在逼近钢筋水泥森林的过程中，和这种森林结合又分离，完成了我人格外在和内在的打磨和塑造。朴实厚重的土地和钢筋水泥的森林横亘在内心的藩篱逐渐被打散。这个艰难的过程让我吃尽了看不到的苦头，但也正是这样的苦头，给了我从未有过的穿越感。我的内心，乡村与城市的边界消失了。在乡村和城市的天平上，两边的砝码一直在变，我一点一点努力让外部世界在视野里扩展，让内心世界的期望不断聚集凝练到至为简单。我这样做，而且觉得唯有这样去努力，生命才值得一过，虽然令人失望的时候也不少。自己的这个秉性是不是和灰灰菜类似？

把根与边界看得那么重，不在乎任何艰险。我的荒野，因我祈祷而呈现给我一股野性，在自己的骨子里沉默，同时也在歌唱。

小时候用一把把灰条的嫩芽去喂猪栏后面哼哼叽叽的大白猪，我记得躺卧的大白猪几乎是冲过来，耳朵扑闪，张开大嘴，发出震颤、愉悦的尖叫，它低头用嘴吞噬灰条的嫩叶，那种深陷的饕餮，展现了完美的贪婪。那是个荒诞怪异的场面，真实，又像是寓言。正是这样的场景，让我意识到旁观者的存在。

说起藜，说到"灰条"这个名字，南方的朋友说："这不是灰灰菜吗？很常见啊。"太普通，平时谁会注意，好像会开小小的紫花。藜科植物本就是广布荒野的草本。张爱玲在她的小说里把灰灰菜身上的灰色称作"珠灰"，这名字像她的人一样冷艳。藜并不开紫花，所谓开紫色的小花只是视线里的错觉，藜幼苗的顶芽，刚刚展开时是玫瑰色，《本草纲目》里记载，藜也叫胭脂菜，红心灰，就是这个原因。

菊叶香藜，在藜科植物里算是香草。菊叶香藜的叶子很漂亮，是那种长戟的式样，叶子有一点肉质，一片片像模子铸造出来的。叶子背面的黄色腺体能散发出浓烈的香气，再配上它鹅黄的衣装，有点酒馆歌女的味道。小时候，揪一把菊叶香藜的叶子，在手上揉碎，手掌张开，手上的香味会让很多人预料不及。

菠菜应该是大家最熟悉的藜科植物，饱饮一团叶绿素会给人带来舒心的快感。

像梭梭柴、盐爪爪、猪毛菜、刺沙蓬……这些戈壁滩和盐碱地的宠儿，它们让整个藜科植物变得充满斗志。在风沙干燥的世界里，这些植物的叶子退化成肉质，来保存身体水分不被蒸发，面对狂风和烈阳，这些肉质、革质的进化变成了它们身穿的铠甲。它们体内的高含盐量，使得这些植物能够像高压水泵一样吸收周围环境里稀少的水分，它们体内的泌盐腺体，使它们和高盐高碱的环境建立了共生的平衡。它们懂得在恶劣环境里的生存之道，在生命逼仄的空间里，找到了属于自己的生存位置。

恶人之花——牛蒡

我采了一大束野花回家，忽然发现沟里有一朵红得可爱的牛蒡花——在我们那里叫"鞑靼人"。割草的人遇到这种花，总是避开它，要是无意中割断了，就把它从草堆里剔除，免得刺手。但我却把这朵牛蒡花摘下来，插在花束中间。

——[俄罗斯] 托尔斯泰，《哈吉穆拉特》

走了好远的路，去处理一件一段时间以来让人心烦意乱的事。

原野上涨满了风，风把土地上大片大片深浅不一的绿和一小簇一小簇安静时凝结在一起的红黄蓝白搅动起来。眼前的色彩和景物都迷乱了，脚步就像走在一幅意识的迷茫期里突然涌现于脑海里的抽象画中。走在这样的路上，让人迷茫，困惑，也让人困倦，疲惫。

时值夏末，一路上要穿过几片只剩麦茬的光秃秃的田地。经过一片高过头顶的胡椒林时，还要提防着黑黝黝的枝条上直戳过来的尖刺。再爬上一个漫长的荒草疯长的缓坡，才能到达目的地。

真是一次不太顺当的徒步，而且路途的终点还有让人无法预料结果的人和事在等着自己。

一路上，心里别别扭扭，就连脚下的步伐也像喝醉了一样歪歪扭扭。走到胡椒林的尽头，要拐向荒草滩的坡地时，感觉浑身无力，想要休息片刻，于是坐在路旁残损的土墙上。

土墙很久以前就已经倒塌了大半，半人深的芒草包围着土墙，路人常坐的那个土台子呈灰褐色，其他地方长满了青苔。墙角向阳处，荒石沙地上，被风吹歪了身子的粉红色的打碗花，攀援着土墙向上蔓生，地上有盛开的委陵菜，有蒺藜子散开的果球。

下意识想用两手撑住土台，想要让酥软的身体借力悬空，以便能够从狂乱的风和安稳的大地获得一点现时的我正缺少的那种不在乎一切的自然之力。一挂到土台边，就"啊——"的一声喊，两个手掌触电般缩回来。

我没有注意到的身后，是矮墙圈起的一小片野地，野地上丢弃着乱石，乱石中间长着几棵齐人高的牛蒡，牛蒡的花儿正在盛开，花朵尖刺的球果被风吹得东倒西歪，有几颗被大风吹歪的牛蒡的刺果正好从我坐着的土台上一次次扫过。

手掌挂到了球果的倒刺上，手掌压碎了牛蒡的球果，尖刺扎入肉里那么深，花儿紫色的花絮压碎了，碎沫粘在手掌心里。刺痛的感觉飞速地盘旋。手心颤抖，手掌扎了尖刺的地方正渗出血丝来。真是气不打一处来，人要倒霉，能怎么办呢？看着突如其来受伤的手，还有这恶棍一样牛蒡的挑衅。用厌恶的神情盯着在风里疯狂摇摆着身子的牛蒡，那种幸灾乐祸……手掌上传来的痛楚，牛蒡的乱影，一丝愤怒和哀怨从麻木的内心升起。仿佛自己陷入了受制于倒霉却又无处发泄出愤怒的泥潭里。

我盯着牛蒡，还没有回过神来。呼啦啦从胡椒林的空隙中间跑出来几十只白毛黑毛的绵羊，羊毛上缀着苍耳，枯草的碎屑，还有黑色的羊粪蛋蛋。有几只母羊正处在旺盛的产奶期，两个饱满粉红的奶子像橡胶袋子一样在两腿中间摆来摆去，每走一步，母羊都要轻轻跳一下才能继续往前赶路，羊群一边寻着路上的杂草吃，一边挤到矮墙小小的圈子里，好像那里是它们熟知的"避风港"。

羊群后面，一个个头矮小歪戴着破旧鸭舌帽的羊倌，猫着身子钻出胡椒林。

牛蒡

牛蒡，菊科，牛蒡属，喜强光，耐寒耐旱，二年生草本，茎直立，粗大，多棱，叶子宽卵型，头状花序，小花紫红色，总苞片钻形，顶端有软骨质钩刺。别名恶实、东洋参，牛蒡根可食用。

从林子里出来时，大概刚才追着赶着羊群，很是累了。他站在我眼前不远的地方，边吸溜着鼻涕，边嘴里嘟嘟曦曦说着什么。看他个头和脸上表情，像个没长大的孩子，但胡子拉碴的脸庞和枯焦的脸色，又似乎已经五六十岁。"这个羊倌是个傻子吧？"这样的念头在我的心上一闪。

羊群挑着牛蒡的嫩叶摘食起来，带刺的球果刺到羊嘴周围皮肤的时候，几只小羊像是突然受惊一般跳到一边去。那些个头高大的绵羊，把头用力甩一甩，牛蒡的球果就被蹭到一边，几只小羊立即跟近身旁，咀嚼起刚才不敢摘食的嫩叶。

羊倌等着钻出胡椒林的羊群齐整了，他甩起手里的鞭子，嘴里"啾——啾——"地喊起来，在这个大风刮起的午后，他要把羊群往回家的方向赶了。羊群在鞭子的驱赶下骚动着，几只大一点的绵羊最先抬起头，开始寻找熟悉的方向，往前跑了几步后，带头往一条小路的岔道口走去。小羊们在牛蒡叶子中间跳来跳去，不知道是玩兴乍起，还是被鞭子抽到身上，惊得不知所措，发出细碎绵绵的叫声。羊倌走到牛蒡丛的近旁，鞭子重重抽向牛蒡，却并没有抽到小羊身上。小羊惊跳着，朝着羊群移动的方向飞快跑去。

羊倌的鞭子因为用力过猛，在牛蒡木质化了的粗茎上绕了几个来回，一时间抽不出来。羊倌去拉，越是用力，拉得越紧，羊倌的脸色憋得发红，看着受惊的小羊跳上小路，跑入羊群，羊倌一只手拽着鞭子，鞭子绑得越紧，羊倌越发恼怒起来。他蹲下身子，把手穿过牛蒡交织的茎叶，牛蒡球果上的硬刺碰到他的脸颊，在他的脸上擦出了一条条红线。

我正犹豫着要不要去帮他时，他已经从牛蒡丛中解开了羊鞭。他用脚狠狠踩着牛蒡的茎叶，嘴里恼羞成怒地喷出一些难听的骂人话："你能，你能，能……"他挥起羊鞭后面的短木棍，砸向牛蒡丛，木棍把牛蒡的叶子和带着尖刺的球果打得四散纷飞。矮子羊倌的愤怒让人惊讶，积压在他心里的无名怒火，一下子倾泻到牛

蒡的身上，牛蒡残损的茎，被木棍砸断只连着根根筋筋的粗纤维的叶子，如同炸开。

羊倌朝着牛蒡发完怒火，像刚刚被他驱赶的受惊的羊一样，疯跑起来，很快就赶上了远处的羊群。

我呆呆地站在风里，好像有什么东西，以某种神秘的方式进入我的内心，笼罩在心口的闷气，还有刚才被牛蒡球果刺伤手掌的怨愤，都由这个傻傻的羊倌代替我找到了郁闷释放的出口。

面对旷野，我"欧——欧——"地像个打鸣的鸡一样，在狂风吹动的草木中间狂喊了几声，然后也像傻羊倌一样在风里猛跑起来，一路冲上荒草蔓长的山坡，冲向那个一段时间以来让我郁闷又令我怯懦的地方，那个积在心上的烦心事，不再是一处黑色的泥沼，而成了火焰烧烬之后等着我去欢呼庆贺的广场。

榕树美学

美多么神秘，它在众人关注的地方绽放时，那片地方就会滋生出骄傲；它在不可能出现的地方现出身影，人们就说，噢，不对，这不是它，这只是它的谎言。美是无处不在的，你觉得它在你的脚边嬉戏时，它已经攀上你的膝头，你以为它要在你膝盖上小憩时，它又跑到了你的肩上，当你的手伸向肩头，它却跳上你的眉梢，跑入你视野扩展开来的迷茫和安静里，它正在你视野的高速路上追逐着光阴遗失下来的几柄飞剑了。

——[英国] 鲍桑奎，《美学史》

这些话不是用来论述美，而是为了说明美的神秘性的特质的。

桑科榕属的植物总让人想到水灵灵的南方，想到亚热带植物的茂密繁盛，想到热带雨林遮天蔽日的绿色。毕竟，榕树是热带植物的标志树种之一。古书记载"榕不过吉(指江西吉安)"，大概是给南方最为常见的小叶榕划下了一道生长的边界线。

我是在植物图鉴上看到家乡天水小陇山林场里有异叶榕，异叶榕只是矮小的灌木，但这个名字依然安慰了深陷南方闷热中的我。我的枯竭，我的困顿，我的黑暗。我生活的城市，我在其中不知不觉中发生的改变，这种改变来得如此大，即便我能够把握，但依然让人难以觉察。或许这榕属里的异叶榕，折射出我的身影。我这么想象着一种植物的进化和变异，好像生长在南方高大无朋的榕树都是异叶榕变的。我在西北诞生，又在南方学习工作，度过激情澎湃的青春岁月（真的有过激情吗？）——南方是我心里一块漂流的大陆，是我的一块遗失之地。后来我又

榕树

桑科榕属植物多长在南方，长在北方的异叶榕是灌木或小乔木，常说的榕树多数指小叶榕。榕属中青果榕的果实能够吃，薜荔的果实可以用来做凉粉。

从南方北上，北方的孤独又铸就我，给我写作的宁静。我的想象世界借这个机缘才能完整浮现出来。但对南方，我生活过的南方，我心里的南方，我一直都在重回，这种重回带着温和与痛楚，带着恍惚与闪回——闪回到我梦的发端，闪回到我内心深处一粒种子刚刚开始萌发的土壤里。

"榕树美学"的概念正是在这样的恍惚和闪回里形成的。在西北，榕属植物是小灌木，甚至是爬藤，那时候我心里还没有作为思考诞生的自然的视野，对植物世界的认识也没有清晰的谱系，即使身处绿叶花草的包围中，也只是相互擦身而过。在南方，穿过时间的夹缝，我像条游蛇游进自然，榕树下浓密的阴影笼罩住我，气生根狂野生成的玉帘垂在风中，榕树阴影里碎金般的阳光里，有过一个个我迷失的答案。我像小时候在西北连天的雪地里酣然睡去的孩子，时常也让自己沉入榕树的臂弯。我紧扣榕树宏阔的板根，爬上它的肩膀和背脊，感觉自己在做无尽的攀援，有像雀儿一般的喜悦冲上眉梢。

但，还有另外一种姿态，让我感觉到——所有世间的攀援，不是由"我"单独来完成，而是由脚下巨然升腾的树木的躯干共同在推进。在广西的黄姚古镇，在厦门的鼓浪屿，榕树的世界都将我深陷于巨木世界的堵截而难以自拔。在这样的榕树世界里，我的渺小的脚步踩在自然巨大蓬勃的脉搏上，无声无息中推波助澜的，是大自然的呼吸，还有心里对自我的认可。我曾坐在几百年榕须围成的榕洞里，品尝酸甜榕果在秋天里的滋味，喀斯特地貌的山麓中间，清泉流水玉佩般敲击着，从身旁流过。榕树躯干拓开森林浓密草木的包围圈，像从大地上升腾起来的绿色火焰，这闪耀让人震撼，它围拢的天地里好像有个看不见摸不着的秘境，能够寄存我身体里秘不示人的部分。

这就是我心里的"榕树美学"，南方的榕林将我内心的坚硬之物重新融化，粹炼，结晶，最后，变成一种简洁的自然意识——用开放式的态度融入世界，用不停止的脚步朝写作的纵深探索。

南方平常见到的榕树多是小叶榕，又叫细叶榕或者万年青，在亚热带的树种当中，小叶榕是出了名的大乔木里的伟丈夫。为了使生命力尽可能地扩张，气生根从身上一丛丛冒出来。

曾在雾中登上鼓浪屿，那时候的鼓浪屿像一座漂浮的城堡。我走在小岛狭窄的道路上，和长在岛屿上的小叶榕巨大的身躯一次次相遇。一棵榕树就能包围住一座古老的房子，生活的绿篱因为榕树扩展了景深，小叶榕俯瞰着眼前云烟一般的浮世，和我漫步的孤独心境呼应。在垂向地面的根须上，弥漫着清凉水汽，这水汽沉降又散溢，让人对被生活之雾笼罩的岛屿有了更多憧憬和爱慕。雨天，雾气起来，岛上的榕树更有隐身巨人显形的神奇。我走在细雨中，隐藏于细雾中的巨人好像在朝我走来。

走着走着，无意中走过舒婷半开半闭的家门，我早知道岛上有这么一座静谧的房子，这样的房子里生活着一个人，这个人在我混沌的时候唤醒过我，给过我一瞬间突刺般的触及。真的有那么一点冲动，唐突地去敲门。又有一种羞涩与矜持，让我止步。作者与读者，在白云、草木和山石中间相遇过，又何必要在现实中见面？

榕树如此粗壮的扩张力让人觉得它是被一层活性细胞包裹着，温暖湿润的环境给了生命肆意生长的机缘，为适应呼吸交换而生成的气根，像榕树派出体外的探索者，它竭尽全力延伸自己的肢体，在土地上寻找可以支撑起生命扩张的支点。那个支点好像理想变为现实的转折，气根扎根地面很快转化为支柱根，支柱根不再在风里摇摆，它有了一个主心骨，生命有了一颗独立的心脏。以支柱根为圆心，它有了自己发枝散叶的资格。在榕树的主干、气根和支柱根之间，逐渐形成一个庞大的沟通网络，正是这个网络支撑了榕树的雄心壮志，它吸收的水和无机盐被强大的交换能量推动着，让一棵榕树拥有了得天独厚独木成林的物种优势。人们称它为"树冠之王",但人们是否能够懂得一棵榕树的生命哲学?

热带雨林中,物种之间的竞争更加酷烈,疯长的草木争夺着获取阳光的空间,榕树毫不容情地将周围矮小的灌木缠绕窒息,这场植物世界的战争,也是一场你死我活的战争,"榕树美学"里也透露着力量平衡的智慧:要让生命获得均衡的发展,就必然需要有一股能摧毁一切阻隔的力量做主导,缺少了这股力量的主导,试图让美长存,试图让善来荫蔽期望,都只是幻影。

写过《飞鸟集》和《吉檀迦利》的泰戈尔,在他的散文诗《榕树》里用孩子和自然的对话打开了一扇窗:

喂,你站在池边的蓬头的榕树,你可会忘记那小小的孩子,

就像那在你的枝上筑巢又离开了你的鸟儿似的孩子?

你不记得是他怎样坐在窗内,诧异地望着你深入地下纠缠的树根么?

孩子在大自然里游戏,她爱自己攀爬过的大树,她的爱憎喜乐既在心里埋藏,也能像镜子一样在大自然里找到倾诉的对象。和一棵榕树的亲昵对话显得那么非比寻常,她称它为"你",她说不要把我遗忘。好像在大自然深处,有一棵曾经默默陪伴她成长的树木,理解了她心里刚刚萌芽的惆怅和孤独,因这惆怅和孤独,她一点点把生命的根须扎进大自然的日历里。

柳无言

凡柔顺的，要体会刚强，凡刚强的，要懂得婉约。

——《圣经》

柳无言有别样的美，喜欢说话，说话时带着点神经质。

"因为姓柳才会对柳树感兴趣吗？"其实感兴趣的并不是所有的柳树，只是对垂柳。生在江南的她，学生时期，有一年寒假去了哈尔滨。

"冬天的雪淞美得使人忘言。雾气包裹着河边的垂柳。早晨醒来往窗外看，只看了一眼人就完全醒过来了，我跳下床，拉开窗帘，打开窗，一点都不觉得冷，我朝着窗外吼着。窗外河边上，夜晚在窗帘上鬼影子一样婆婆娑娑的垂柳丝，在眼前都围上了银狐围脖，无风也似乎感觉有风，满眼都是跳舞的仙女，世界粉嫩洁白，容不下一丝杂念，只觉得自己像在仙境里。美学家，美将人的意识定住了该怎么定义？"

她叫我美学家，我的习惯性的说理，她用这个外号驳击。

"那就是被震撼了嘛！"

"啊，这个也该是垂柳吧？"河堤边上如果看到倒栽柳，她会这么说。但很快又自我反驳："不太像，垂柳丝那么柔顺那么细长。"她把两个胳膊伸展开，像要飞起的燕子。"垂下来的柳梢太粗了，一点都不柔顺，芜芜杂杂的。"她仅凭着感受判断一个物种和另一个物种的差异，她靠直觉来透视世界，往往比我理性的认识都要准。女性感觉世界的方式，第一感真是可怕。

　　"垂柳能够穿透空间。"她喜欢这样的语言。

　　"嗯，对。"她自动呼应着，"当然了，垂柳倒影的水中，有一个我们不知道的世界，对不对？"

　　"是，那个世界会进入你的梦里去！"调侃她。

　　"不用梦就能进到那个世界里去，要不然，为什么你会在垂柳的树下看水面，半天都走不开。垂柳树下，人不会大声地歌唱，静静坐着，以为自己在想事情。难道不像庄子说的，在做一个蝴蝶梦？"

　　"垂柳是我的性格树。"她往前走，冷不丁向后摔过来这么一句话。

　　"那它能穿透空间吗？"追着问。

　　"已经被穿透了，你还没意识到？"她摇着头，似乎说这个人太笨了。"你不是说到梦吗？在倒垂下来的柳丝上，清晰地感觉到梦的存在，那时候，就说明垂柳丝上已经生成了一个空间，顺着这个空间，进入垂柳丝指向水面的倒影世界，就是从现实穿透物质的边界进入到想象的幻境里。穿透了那个垂柳的梦，在垂柳下面站着，你会成为怎样的你，垂柳又成了怎样的垂柳？"

这些话是神经质的，又是如此的理性。

垂柳密密麻麻形成林子，就是垂柳林。不管哪个季节，这样的柳树林里的风声和那种款款漂移的动作，都像在邀请。节假日，常到一片垂柳林里，绕过嘈杂的人群，在弯弯绕绕的石头路上散步。柳无言并不挑拣嘈杂与安静，她走进这样的林子里，眼前躺着卧着站着走着的人群，在她眼里都像静止了。垂柳树下的路上，什么样的人都有，垂柳丝间的柔风让人们的身心舒展开。在生活里遭受了伤痛的肌体和心灵上的伤口，这种时候，在慢慢地愈合。柔顺如发丝一样的垂柳，拂过林中人，像一只母兽，在安抚躁动疲惫的幼仔。柳无言围着一条浅蓝镶边的红色长丝巾，穿着米黄色的菏叶短袖背心，一头精干的短发。柳无言的样子在人群里那么显眼。柳无言穿过这些芜杂的人群，仿佛她不是一个人，而是一条移动在风里的垂柳丝，她和我说话，好像我是不存在的一样。"人越多，反而能衬出垂柳的安静，俗世生活那么闹腾，那么繁华，垂柳会显得更加柔美。"鹅黄色的垂柳丝在风里摇动，柳无言的无知无畏更加自得。

"垂柳是阴性的。"阴阳风水的书里这么写。我让她看柳树在大自然里的性别。

"垂柳当然是阴性的，要不然我为什么会那么喜欢它。"好像那一刻我在说她。

"……但，为什么说它是阴性的？你啊！"好像不太满意。说阴性，难道贬低了女性吗？女人的思维一般先走一段感性的路，然后很快又恢复到理性的路上来。理性的女人，说话的时候就会显露一种藏锋的气势，只不过柳无言的理性里的气势总是外露的。

柳

柳，杨柳科，柳属，高大落叶乔木，常见绿化行道树，喜光，耐干旱，特别耐水湿，寿命较短，树干易老化。以细长柔媚的枝条著称。垂柳又叫杨柳，据传说，隋炀帝登基后，开凿通济渠，渠成，亲自在岸边种下垂柳，并御书赐柳树姓杨，故垂柳有了杨柳的别称。中国人有咏柳、赏柳的传统。

"阴阳风水的书里说，柳树主阴，种在池塘水榭的边上，和院子里照壁、大堂、假山以及男人这些坚硬部分里渗出来的阳气相互调和。垂柳不就说的是庭院里的女人吗？"

"阴性的垂柳，这是男人当老大，女人当奴隶时候的概念。现在的垂柳，大大方方种在公园里、庭院里、路两旁。说垂柳是阴性的，并用它暗指女人，这是对女性的一种限制。女性性格中柔顺的部分不是为讨好男人才产生的柔顺，而是一种母性的柔顺，垂柳丝里的柔顺，是更大的忍让和爱。什么阴性的！"

柳无言很要强！

"要强的垂柳丝是什么样的？"用这样的话逗她，柳无言会说："要强的垂柳丝有它自己的水面和水面上的镜子，因此再怎么要强，她都会有自得其乐的安然柔顺。不懂得爱的垂柳丝，很快就会被风刮断。"

柳无言其实拥有比要强更多的智慧。

在干旱的黄土高原上，看到高大的龙爪柳，柳无言的高兴无以言表："这是天国的垂柳吗？还是自然里也有卷发器，把我的垂柳变得这么妖冶！""傻瓜，这是龙爪柳。""那也是我的龙爪柳。它和垂柳是一家吗？""不是，它和旱柳是一家。"

"啊，那么，垂柳是孤独的。"柳无言舒展一下垂柳一样的身子，我能清晰地看到她眼神里一种莫名的失落，一闪之后，立刻又消失得无影无踪了。

柳无言在钢筋水泥里的安静生活，最终被她自己打破，她说："我要去爱一些苦难生活里的人。"她实践自己垂柳一样柔顺坚韧却又带着穿透梦境的理想主义——她不是个在鸭绒被里不起身的人。

"你说，垂柳的样子是什么？"有一次，她这么不经意地问。

"不是像思念、爱情、眷恋和缠绵一样吗？"

"为什么风吹得它摇摆，却永远都不会改变它生长的方向？"

"地心的引力在召唤它。"实在没办法，这么胡乱地解释了一下。

"垂柳丝上，是一团生命的火焰。它知道自己的美，懂得自己的爱。它的心里燃烧的火，指引着它生命的方向。"

五月，垂柳飘絮，我和柳无言在一个山口分别，临别时，我说："柳无言，记着到了目的地之后给我电话，你神神叨叨的声音，已经构成我活着生命的一部分。"

"那么，无言的我也将是你生命里的一部分。"她用这样的话安慰我们并不短暂的别离。

每记起这句话，我都难忍心里的悲伤。这悲伤又像刀子一样穿透我，让人感到一种欣慰。柳无言实践了自己生命的价值，但我却被一种残缺切割。

"柳无言，为什么你不再说话了。"在柳无言消失的那个渡口边的青石上，她试图挽救别人的手再也没有向我伸出。

一棵垂柳的柳枝轻拂着我的肩头，好像要尽力抱住我。空气里飘过如烟云一样的柳絮，这柳絮像柳无言的性格那样，星星雨一样在我的世界里形成了一个水中倒倾的镜面，那个镜面上，柳无言以挑衅的口吻对我说："无言的我是你生命里的一部分吗？"

我要怎样来回答你，柳无言？

微饱 Sunshine
2016.12.7

飞燕地丁

紫花地丁每到春天就开花，一般开三朵，最多五朵。尽管如此，每年春天它都要在树上这个小洞里抽芽开花。千重子时而在廊道上眺望，时而在树根旁仰视，不时被树上那株紫花地丁的"生命"所打动，或者勾起"孤单"的伤感情绪。

——[日本] 川端康成，《古都》

　　春天，从山野回来，把相机里的图片导入电脑时，在旧日的植物相册里重又看到那张盛开的紫花地丁。这张照片是我的私藏，是几年前和父母在清晨的山道上散步时拍摄的。把这紫色的小花叫飞燕的，最先是没有读过多少书的母亲。她说："育，你看，紫颜色的小花藏在野草里，就像野鸡仔一样，凑近了看，又像要惊飞的春燕儿。"我说："妈，你和我爸走开一些，我把花儿照下来。"问父母无名花草的名字，他们脸上显出仿佛知道却又一无所知的神情。"你读了那么多书，你都不知道！"两个老人想了想，没有头绪，母亲这样回答我。彼时我正撅着屁股，趴在枯草中间，把镜头移来移去。花儿的紫色被阳光分成一缕一缕，翅瓣张开，朝着我俯冲的感觉正好和母亲刚才所说的心意一模一样。

　　把照相机的镜头紧紧贴着花儿紫色羽翼的正面，远观毫无特色的小花，贴到近旁时，进入取景器的花，调节焦距和光圈时，一会儿明亮，一会儿暗淡，一会儿朦胧，一会儿清晰，花儿成长的漫长岁月因为瞬间定格，短暂的哀伤和恒久的平静同时闪现出来。镜头里的花儿一时明亮，好像这小花经历过的那些快乐的白

紫花地丁，堇菜科，堇菜属，多年生草本，又叫光瓣堇菜，别名犁头草、宝剑草。

地丁
紫花

天凝聚了；一会儿变得暗淡，它经历过的那些阴沉的夜晚涌出来；一会儿清晰时，好像能看到蚂蚁、蝴蝶、蜜蜂从花儿眼前飞过；一会儿朦胧时，那些孤独沉寂的日子里，花儿的光彩，散溢的微香，漂浮在没有回音的世界上。不知是花的孤独打动了人，还是人的孤独触动了花，指甲盖大小的花儿，这个时刻，安静地映入我的眼帘，就像我的心灵世界不经意间走入了花房。

贴近了一朵花，在心上引起惊诧，连自己都觉得奇怪。在镜头里，滤净所有杂质的紫花地丁，突然迸发出一种难言的美的哀伤来，像要拥住我。

我把这个母亲命名为飞燕的小花保存到电脑里，然后带着它独自在世上奔走，仿佛一颗流星在大地的幕布上确定着自己难以琢磨又似乎蕴藏某种辉煌的生命轨迹。这样的心境，毋宁说是个梦想者的心境，不如说是个失败者的憧憬。每个逐梦者，最终都要脱离梦幻的羁绊，把梦里的幻觉铸成一个真实的场景，才能算是成为一个逐梦成功的人。如果把现实的欲望摆在梦境前面，那么，追逐理想不是变成了自我欺骗，变成了对现实的一种逃避？

因为写作主题的关系，我一次又一次走入花草的世界。花间的紫色飞燕，恍然中总会触到我心里的乡土，触及我的惆怅和眷恋，这些触及无形中推着我，让人更清晰地知道自己要去做的事情的价值。

在研究日本文学的时候，读到川端康成美如画的小说《古都》。《古都》里京都少女千重子和她从小失散的孪生妹妹苗子之间相逢又别离的命运，川端康成将这种命运的聚光灯映照在小说开头那两簇长在枫树树洞里的紫花地丁身上。《古都》所展现的日本余情美的惆怅里，渗透着凄美决绝的日本的审美情结，理解这种情结，如同凝视着雪光里的珍珠。《古都》既是小说，也是日本美的一幅意蕴流动的素描画。我的目光总被小说里泛着绿光的紫花地丁吸引，这个半含伤感半含无奈的故事，也成了一个紫花地丁的故事，故事结尾飘洒在天空中的细雪，那

份细疏寒意的包围，也像是成了春天紫花地丁顽强盛开的原因：

　　千重子的刘海上飘落的少许细雪，很快就消融了。整个市街也还在沉睡着。

　　小说结尾里，千重子目送妹妹苗子雪中渐渐模糊的背影，那一刻，一种感伤无以言说。结尾的"细雪"好像起身要带着温暖的情意，去拥抱小说开头紫花地丁在寒风里的盛开，这种细微锋利的触动抓住了我的心，成了日后我写《细雪》的心结。

　　读《古都》那时候，我还没有进入植物世界，仅仅因阅读小说激发的好奇，在图书馆书架上寻找包含紫花地丁的图册，去专门寻找枫树上的紫花地丁是如何盛开的。实际的情形自然是失望，几乎难以见到树上的紫花地丁，更不要说仰视它的盛开了。

枫树树洞里生长盛开的紫花地丁，在川端康成的《古都》里，是独一无二的。当我走入山石嶙峋的野道，打开了植物世界的大门，长在荒草中间的紫花地丁跃入眼帘，对应着眼前紫花地丁的影子，让我想起另外一个我所熟悉的"飞燕"的名字，在我电脑里沉睡的那张紫花地丁的照片复活了过来。在一年覆盖一年的枯草中间，紫花地丁把紫色的微笑捧给那一天注目于它的一双眼睛。母亲说"飞燕"的时候，一定是把那片枯草下的花儿惊醒了过来。

　　那张在父母身旁拍下来的紫花地丁的叶子是伤残的，上面有岁月焦灼的斑斑点点，它没有摄影家镜头里那种葱绿憨厚浑然自如的叶形、叶色，把它的花和素描中的紫花地丁放在一起，同一种花儿的两种存在形态一下子重合了，两种几乎相近的紫色，相互一染，就像成了同一种颜色。但是，细看，体会，又觉得有鲜明的差别。山野上的紫花地丁那么骄傲地立在荒草凄凄的枯岭上，它那么矜持，卓然孤立，它的宛如鸢尾的羽翅上，隐约可见丝丝白色的线痕，那样的线痕是和风雨相互搏击留下的印记，那种傲气的轻紫和明玉般的飞白里，有温润肥沃的土地上生长的地丁花所没有的固执和坚硬。

　　跟随我行走的紫花地丁，是被乱风撕扯过，急雨锤打过，烈阳炽烤过，寒露浸染过，枯草和明媚的阳光拥抱过的紫花地丁。这自然界里的微草有另一个比紫花地丁更为我所爱的名字——飞燕地丁，这个名字迎接着风雷，缭绕上屋檐，和雨云压着的地平线竞赛，在大自然的呼吸里成就着自己。

循着翠云草的足迹

朋友和细节，是一个人心神里不可缺少的两簇神灵。

——［英国］鲍桑奎，《美学史》

像玉一样结识的人，相交时有氤氲的动感和无我的透明心，因此能成水一样明净的朋友。和朋友们在山间认识翠云草，水流冲刷着翠绿，潮湿的空气甜甜的。我的脚踩过这片绿云，攀向山的高处，感觉心中期望的花朵在山野的潮雾中正在盛开，正在等着我走来。

从离家求学到现在，二十年的生命光阴云影一样飘过。这么多年里，生活姿态都像匍匐在地上，满身粘了泥土，头埋得更低，借这泥土的滋味和俯下的头颅，生活沼泽里掩藏的秘密，渗进我的心窝，流进我的笔端。这份来自生活的沉寂，被我完整接受下来，作为锻造，作为提炼，作为凝结。

《中国高等植物》里有一张翠云草的中国地理分布图，主茎蔓生的蕨类植物翠云草，由西北、华南、东南、西南，星星一样分布在这些土地上。翠云草匍匐在地上的生长姿态，就像自己的生活姿态。想象自己生命的过往，想象我的个性，我的寻找。我以翠云草来做胸前的徽章，我以大自然的精灵来做自己跳跃的撑杆，一次次接近梦想的刻度。

想一想迷梦交织的童年，像只出笼的燕雀，西北的丘陵，任我在山凹间飞翔。希望每个人都是从飞翔的童年走出的，没有被阴影扭曲了心智，没有被外力折断过翅膀。少年的心思已经开始难猜，学着从树木偏斜的影子里去寻找内心细密感

翠云草

翠云草，卷柏科，卷柏属，多年生草本，别名龙须、剑柏。翠云草姿态秀丽，蓝绿色荧光的叶面看上去赏心悦目，是极好的地被植物和盆景植物。《群芳谱》和《植物名实图考》都有记录。《纲目拾遗》记录最为精微："其草独茎成瓣，细叶攒簇，叶上有翠斑。"

动的云纹，在夜幕照着黑土地的影子里，理解爱与激情泛出绿光的一刻，朦朦胧胧中开始醒悟，这个世界既有宏大，还有细微，既有胆怯，也有从容。青年是生命的鹰鹞期——觉醒的肉体要求世界作出同样的回应。期盼着自己踩着心灵云裳的阶梯，去采摘梦境中爱恋的果实，努力着用生命的汗水浇灌出寒露中盛开的红花。那个时候，我心里的翠云草就铺展在脚下。在一个个繁华似锦的季节，用自己立体透明的脸庞，去迎接露，迎接雨，迎接泪，迎接笑。作为一个寻觅而不得的梦想家，我遗失了心中的翠云草。梦境的迷雾包裹着我，以为自己如夸父，正走在逐日的路上，以为自己如精卫，嘴里每一根小枝都会夯实心中殿堂的地基……我的梦像是要垮掉，废墟一般倾倒时，又在浪里冲起。

在南方，倾听海浪拍击山崖，感受到人心之矛诡变中的穿刺。生活如巨狮之爪，一把将我拽入大地的烟尘。匍匐不是我选择的姿态，而是生活本来的姿态。这个时候，我才重拾了我心中的翠云草，也在大自然的怀抱里重新认识了翠云草。

第一次，察觉到翠云草羽叶云纹里藏着一个风日静好却又风卷残云的世界；第一次，心不再在云端上，而在手心里。对我，这是一种沉默的狂喜。看着翠云草，这个世界上也就只有眼前的这么一株，它给了我心神的安静。我曾那么焦躁过，无望过，悔疚过，放弃过，六神无主过。此刻，在一株无人理睬的翠云草边，我意识到并开始捕捉这个世界上一切进入眼神和心灵的细节，隐约的，察觉到万物身上细节的神灵。

不管黄土地上的翠云草，还是红土地、黑土地上的翠云草，它们都成了我所捕捉到的每一个细小环节上的珍珠、云母、碧玉和玛瑙。

普普通通端庄秀丽的翠云草，保持着自然的本色。为追寻如何保持这种本色，我曾经翻阅历史的废墟，走过自然的沟壑，陷入人心的痴迷。很多个夜晚，在楼层的顶端，仰望被万家灯火遮掩忽隐忽现的星辰。很多个白昼，尘沙扑面，驿路艰难。

究竟到哪里去寻找一个安静的自己，到哪里，去找能让人安坐的一隅？

但是，终于有一天，我开始突破翠云草分布的边界。由西北南部、华南、东南、西南的湿润地界，把匍匐伸展的脚印伸到戈壁荒漠。翠云草，我带你去看苍凉和酷烈地域里存在的生命，我要让匍匐在地面的主茎直立生长起来。在北方的古都，穿越一个个急风夹了薄寒的清晨，长出让自己诞生新生命的主根。

我心怀着翠云草行走的足迹，推开大地上的一扇扇大门，好像聚沙成塔如此不可能的事，也变得可能起来。

井栏边草

井栏边给水的少女，是把人的灵魂由人间引入天堂的信使。

——希腊神话

"井栏边草"这个名字吸引了我。我回转身，好像回到了心中永远不会衰老的静谧年代。

遥远的景深聚焦在一个点上。那是一个石灰岩、青石砌起的方台子，台子中间，一个直径一尺半左右冒着冷气的孔洞，孔洞不是很深，一根丈把竹竿怕能插到水面上，但却永远禁止小孩独自到那个石头台子周围玩耍（这么禁止的原因一直不明，也看不到明文标示，只是每一家大人，严词警告自家的孩子，几乎是咬牙切齿地警告。在小孩子的心理上，只觉得这里一定住着吓人的鬼怪，会想到水鬼、土地公公、莫名掠走小孩的黑影）。孔洞里永恒地映着天光（其实，不过十几年，井被填上，这天光再也找不见了），天上的云影和水面的波光混融在一起，木桶、塑料桶、铁皮桶敲打出各式各样的水声，咕咚咕咚饱吸水，沉下去，水面上冒着流动的漩涡。台子周围永远潮湿，黄土高原上的干旱和这眼水井好像无关。水井旁边的石头缝里，湿漉漉的苔藓被毒辣的太阳照得发干时呈玄青色，雨天呈褐绿。青苔中间，井栏边草像鸡爪子一样长出来，有时候稀疏，有时候茂密。这种凤尾蕨属中生命力至为强盛的蕨类，陪伴着一个长久静默的农耕年代，大概见过围绕着水井的数不清的故事吧。

哥哥在打水，水桶随井绳下到井里，围在井边的人群，等着水桶吃满水，井

井栏边草

井栏边草，凤尾蕨科凤尾蕨属，《植物名实图考》中为凤尾草，南宋草木绘本《履岩本草》中，将井栏边草称为铁脚鸡，这种生命力旺盛，野趣横生的草本，在南方一些地方又叫蜈蚣草。

绳一根根地绷直，有人躬着身子往上拉，有人撅起屁股往上拽。我在水台边，看人群忙碌，帮不上什么忙，就去揪石头缝里的嫩叶玩耍，叶子在手指上旋转、撕碎，碎叶丢进水坑，丢到田地的白菜叶子上。

井栏边草未必只是水井边才有分布。它喜光，又对阴湿环境有着独特的癖好。它喜欢钙质的土壤，所以找到一处石灰岩的碎石，只要有水溶了石灰岩，它便紧随这些土壤生长起来。大概钙质给了强劲的生命力，也给了它的妖娆任性的样子。它可以长得像雄鸡的尾巴，因此人们给它"凤尾草"的美名。在另一些环境里，它又长得精致而多节，当地人又叫它"蜈蚣草"。中医中更为形象地叫它鸡脚草，在那些多石的村落沟渠里，离巢放牧的鸡群，啄食草滩上的草籽蛆虫，井栏边草又调皮地长成了鸡爪印的样子。

井栏边草，可以谱成歌来唱，农耕牧歌的时代背景会在眼前像鱼儿一样跃出水面。我希望自己身处这幅闪着水光的画面里。

微风轻推着淡淡的小云，金色的阳光照着青烟弥漫的村落，酷热的下午退到时间的幕后。下午到来之前，水井边，头发花白的妇人正把清凉的井水从地下一桶一桶吊上地面。矜持的微闭了嘴唇的少女，将井水洒到被太阳晒得发白发灰的青石上，清凉的井水一经滚烫的青石，青石上便冒起一股白汽，被脚印摩得光滑的石面一下子变得光洁透明起来。井水洗净了这个疲惫的世界……

井水以它通灵的节奏，流经水缸、灶头、瓷碗和木制的茶杯，流经干渴冒烟的喉咙，流经滚烫的肌肤，流经细嫩如玫瑰的手，流经了梦魇中被酷热包围的大地，流经苏醒过来露出舒缓神色的额头……井栏边草参与了勤劳双手的改变，参与了安静世界的相守，参与了水流如此神奇的生命进程。

被称为"伟大的牧神"的俄罗斯作家普里什文在《大自然的日历》和《林中水滴》中，写过野草、动物、花木和人心灵的呼应。正是渗透地层的水流，流进荒野的水流，

促使井栏边草繁盛地生长。岩石窍穴里流淌的溪流，汇聚在深井里，这些水的前世，是森林、草原愉悦的过滤，是绿松石、沉积岩间生发出来的无数颗水珠。井栏边草日日看着从大地之母的身体里分娩出来滋养万物的水孩子，清凉水滴将井栏边草的眼睛擦得雪亮。这自然草木的眼睛，也是普里什文看向大自然的一双眼睛，有那么忧愁深邃的诗意，有那么鲜活动人的冲击，才让"伟大的牧神"把我引入更深的自然深处。关于井栏边草的记忆也像是我在大自然的身上留下的一篇草木日历。

　　写于苏联卫国战争时期的《林中水滴》，在德国纳粹集中营中，成了徘徊在死亡线上的苏联囚徒们以手抄本形式相互传阅的作品。这个以"亲人般的眼光"看着自然的人，写出了俄罗斯大地的神圣和壮美，写出了俄罗斯的草木鱼虫里寄存的深情和留恋，那些枯萎的灵魂，在面对死亡的时刻，因为这样的作品，驱散了身心的恐惧，恢复了作为人面对生死的尊严。"一切生物皆血脉相连的感觉，派生出了作为这一联系之一分子的我的作品。"普里什文的这句话，影响着我写自然、写草木的思维和情绪。

乌拉圭女诗人胡安娜·伊瓦沃罗写过如散文诗一般美的散文《清凉的水罐》。酷热的盛夏，装着井水的黑瓷瓦罐，水的冰凉在瓦罐口沿上凝结成黑珍珠一样的露珠，她用手指去触摸这些露珠，圆圆的露珠从瓦罐边沿滚落下来。这水滴滑过瓦罐的痕迹里，一个作家感觉世界的独特方式向我展开，我触摸到了一个作家从一切生命的痕迹中去体会生命脉搏如何跳动的那份细腻。多年的人生经历之后，我才隐约感觉到，这些晶莹的水滴，从大自然的造物，走入作家的内心，又由作家滴到读者的神经末梢上，保持这个过程连续性的，是那种怜悯与善待的期许。正是怜悯激发了爱，才能让人感觉到美的清凉无处不在，正是要善待而不是破坏，心底流露出来的亲切才融解人类只凭着本能和欲望对生命的分割。

井栏边草栖身的井台，与我的血脉相连的童年记事，那些自然、亲情、书本对我人生的涵养，在我以为遗忘的时候，又变成埋藏在地底深处的矿脉，供我在写作中永不停歇地挖掘。

微饱 Sunshine

时间渡轮上的向日葵

亲爱的提奥，当我画太阳时，我要让人们感觉到它是在以一种惊人的速度旋转着，正发出威力巨大的光和热的浪……

——凡高写给他弟弟提奥的信

早晨

早晨，向日葵对正站在屋檐瓦楞上的鸟儿说："我们在这里拐个头，好吗？"鸟儿迎着第一缕穿透羽毛的阳光，"啾"的一声欢呼，冲到从阴影中刚刚苏醒过来的世界里去，这声音是对向日葵的回应："嗯，你看我都拐头了，我们一起迎接阳光吧！"

向日葵金色圆盘一样的大脑袋开始转向新日子里初升的太阳，好像夜晚梦牵魂绕的挂念就要出现在远方。天边一片明蓝，银河水泻，阳光穿透天空，用它的橘红把世界染上金黄。

在这样的早晨，向日葵像是得到了什么。每天的这个时候，它总会更加竭力地生长；每天的这个时候，它都在从前的世界里分裂出新的生命。它对阳光的期待，它热烈地拥抱阳光的热情，它用这份热情获得了生长分裂的能量，让它的思想那么神奇地排列成整齐的方阵。这样的早晨，洒遍世界的阳光，在向日葵的心里也一定是成队成行的。

九月，屋檐上的鸟儿要迁往南方，临别的这个清晨，它们各自在晨露中沉默着。

向日葵低着沉甸甸的头说："你要走了吗？我没有脚，真羡慕你有飞翔的翅膀。但，我的梦想也实现了，我已做了完整的阳光笔记。过不了几天，我的生命将重新沉睡，我把拥抱过阳光的果实赠送一些给你，一路远行，希望旅途平安啊。"鸟儿从屋檐扑闪了一下翅膀，飞落到向日葵的大脑袋上，挑着大个籽儿开始啄食。

这个时候，阳光穿透这只精神抖擞即将踏上新旅程的鸟儿，阳光同样穿过这株心满意足的向日葵沉沉的大脑袋。

起了一阵风，鸟儿的羽毛被吹乱了，向日葵的大脑袋一晃一晃的。

世界深处颤巍巍的，生命在动。

让人心乱。

中午

中午，我快步穿过向日葵的花海，向日葵金黄的脸盘朝着天，那片雄壮的绿色淹没了我。如此澎湃的生命点着了人心中的沉寂。一点微笑如浪花，在心中波光闪闪地涌过来。有些浪花搁浅在眼前绿色的沙滩上，有些浪花不易觉察地随隐退的水痕滑进塌陷的洞穴和深渊的潜流里。

我就这么一路走着，世界在眼前旋转。搁浅浪花的白沫那么醒目，记忆的衣角被它重重地打湿。浪花卷起了水中的细沙，有些沙粒曾溅入我的眼角，那么久远的眼角磨砂的隐痛，戳在记忆之眼的视网膜上，眼睑泛潮，眼泪将那粒记忆中的沙粒从眼角冲出。

盛开在眼前的向日葵的波浪让人如此欣悦。那些记忆里焦灼的情意原本是用来远望的风景，我以为自己从某些地方远离，过往的世界已如藏在某处不轻易翻动的画册。没承想，沙粒带出的泪水里，渴望的脚印依然在那样的画册里驻足徘徊，

向日葵

菊科，向日葵属，别名太阳花，又叫丈菊。花序随太阳转动而得名。原产北美洲，现世界广布。一年生草本，高 1~3.5 米。圆茎直立多棱，叶子广卵形，披白色硬毛。头状花絮，花絮边缘舌状花不结果实，花絮中间管状两性花结矩卵形瘦果，果皮木质化，呈灰色或黑色，称葵花籽。

岩石把心海的浪花拍打成一朵朵白莲花。

原本是快步走，后来，脚步怎么慢了下来？从前的盛开羁绊着此刻的绽放，迎往又送别。整片花海的神经连接起心里隐藏的感触，一波接着一波命运的起伏，倒让人的生命更感觉雄阔。

穿越向日葵的花海时，这片被撕碎又重建的沉默里，那么出乎意料地，遇到了背离过自身，之后又完全结合于灵魂的伙伴，那些昏沉暗淡的道路、高傲无知的额头、忠诚夹杂欺骗的胸膛、爱恋而无望的献身……这些无比巨大的画幅，闪动着精致入微的毫光。我快速走过，脚印一个个撞碎了这些昨日之我的馈赠。

向日葵的花海里，那么容易埋藏下采摘，那么容易诱惑人神往，那么容易把人一把推开。

夜晚

梵高在致密的夜色里大梦初醒，别人都是漆黑，他仿佛觉得自己才刚刚醒来。在怀着兴奋之情给弟弟提奥的信中，他写了在艺术创作中击中自己的那些最为强烈的感受："亲爱的提奥，当我画太阳时，我要让人们感觉到它是在以一种惊人的速度旋转着，正发出威力巨大的光和热的浪；当我画一块麦田时，我希望人们能感觉到麦粒内部的原子正朝着它们最后的成熟和绽开在努力；当我画一棵苹果树时，我希望人们能感觉到苹果里面的果汁正把苹果皮撑开，果核中的种子正在为结出自己的果实而疯狂。"

胎动，宇宙在转。

心跳声噗通噗通响。

梵高并不知道，他写下的，是印象派绘画的精神内核。

我在一个寂静的夜晚读到这句话时，一种极为难过的感觉突然从心口涌出。心灵艰苦卓绝的探秘，何其艰难，无数生命因这种努力在绝望中幻灭。

闭上眼睛，我平复了一下自己激荡起来的心绪。

一个人的灵魂，究竟要被淬炼到怎样的纯度；一个人的灵魂，究竟要钻入多深的海洋；一个人的灵魂，究竟要舍弃多少纠结的欲望；一个人的灵魂，究竟要穿过多少黑夜，才能够说，世界的舞步，让我们来一起旋转，灵魂的节奏，请交到我的手上？每个艺术家内心的秘密，都是如此隐晦，如此难解。

在梵高看似相近，每一幅又有独特个性的 11 幅《向日葵》里，隐藏着每一时每一刻不同的心灵风暴，这些静物画里凝聚的灵魂的碎片，撞着生命的肉身，撞着时间的镜面，都在安慰着一个孤寒而桀骜的巨兽的嘶吼和呼救。

李白——里白

赵客缦胡缨，吴钩霜雪明。银鞍照白马，飒沓如流星。

十步杀一人，千里不留行。事了拂衣去，深藏身与名。

闲过信陵饮，脱剑膝前横。将炙啖朱亥，持觞劝侯嬴。

三杯吐然诺，五岳倒为轻。眼花耳热后，意气素霓生。

救赵挥金槌，邯郸先震惊。千秋二壮士，烜赫大梁城。

纵死侠骨香，不惭世上英。谁能书阁下，白首太玄经。

——李白《侠客行》

蕨类植物中有个里白科，里白科里有个里白属，里白属里有里白、光里白、大里白……翻《中国高等植物》，发现这一科这一属，看到这么多里白，心里想，哇，人间的李白只有一个，植物的王国里倒有这么多。此里白非彼李白，但因此里白而想到那个诗中仙人，整个中华文明史里那个独一无二的人物，因为李白，我倒尽可能想走入这个植物的生命深处。就如同因为李逵，想去查一查李鬼的家谱。人的好奇心作祟起来总是难以捉摸。

李白生时有一挚友范伦，曾写过一首《与李白浔阳夜宴》的诗，范伦的儿子范传正，进士出身，且"博学宏词"，又是个旅行家，读过父亲此诗后，过当涂，拜谒李白墓，访问了李白的后人，照李白残留遗疏，帮李白后人重迁李白墓于"青山之阳"，并且做了李白新墓的碑文，碑文开头说："公名白，字太白，其先陇

里白

里白，里白科，里白属，大型陆生蕨类植物，有原始中柱，高 1~3 米，根状茎横走，深棕色，密被棕色鳞片。叶片巨大，二回羽状，靠孢子繁殖。

西成纪人。"[1] 古成纪现在的具体位置，说法有多种，其中有一种即现在的甘肃小城秦安。

秦安是我的出生地，丘陵环邑，葫芦[2]轻绕，从小知道这个小小盆地是大诗人李白的祖籍之地，总有一种不太真实的惊讶，这么贫瘠干旱黄土连天的地方，是涵养过圣人既出传载千古的一方土地吗？

李白的身世，众说纷纭，没有一个确切定论，但可以肯定的是，李白的血统里兼具汉胡的血脉。诗仙为世人打开的世界，流云漫卷，又似草莽奔虎，但决不粗砺，而是触指轻柔。胡血里包藏野性，汉血里流淌深海清流，初一亲近李白的诗中世界，心灵会被一种气势一下子摄住，被电击，又无法穿透。因为海太深，天空太辽阔。"我亦如草籽，君即万亩林"，这是我心里的李白。"书剑流云处，我心不得停。""驾鹤高天上，步行江河底。"李白的一生，用俗世的眼光看，没有得过长久的名利，仕途上没有高擎云天的主根，精神上"志当高远"，"达则兼济天下，穷则独善其身"。却又怀着抱负无法伸展的痛苦，在悲愤中呼喊"大道如青天，我独不得出"，到"我欲还天还地还已身，欲乘明月当空西归去，正其时"。传说他真的"醉酒追月影，月神相携去"了。诚因爱他的人，更希望他真的如仙人一般驾鹤西去，而不是寄身在当涂县的亲戚李阳冰家里，穷困潦倒，疾病交加，心神忧愤而死。他在西域碎叶度过了童年，童年时的颠沛流离，给他的骨子里浸透了黄沙扑面的豪情和狂放的刀烧酒的意志。在西蜀，少年青年时期的李白，天才的禀赋被中原的诗学智慧浸养初开，他既是游学郎，又是侠客行，"得中原精粹，获江河人生"。他浪漫主义的生命基调既像是得自母亲的胡血，又像是得自道法

1　摘自范传正《唐左拾遗翰林学士李公新墓碑》。

2　葫芦，指流经秦安（古成纪）县城的一条渭水支流葫芦河，由北向南流过一片平川，河流经过的轨迹状似葫芦，以此得名。

自然的生命至理。他的诗几乎都不沉郁，狂放自然，风雨雷动，即使愁，也是愁得风不住梢，月里箫声眠。

　　属于蕨类植物的里白，无主根，无主枝，但主茎粗大，轻风起来，伸展如剑羽一样的茎叶，就像野鹤在林间引颈跳舞。分枝上密披着红棕色的鳞片，但远看，这红色鳞片又被绿意遮掩，仿佛嫩绿之下埋伏有狂野的天性，又像热血在血脉中奔流。火焰一样的嫩茎上，为什么要把自己裂成小片，又用这些鳞羽组成利剑的样子？少年李白立志是要成为"十步杀一人，千里不留行"的人物，但他真正的利剑不在腰间，他是个心上有无数把利剑的天地的舞者。他的命仿佛和里白一样也是草本的命，整个一生斗转星移，行侠不对路，当政不对门，行商，心里却是"千金散尽还复来"的豪放。看看里白，它稚嫩的生命围绕山谷河流和万木旺盛的林缘地带生长。它要居磐石之巅，以揽日月星辰之盛衰——不得；它要立万木峰顶，手擎第一缕云岚中的狂风，身蔽无尽藤木花蕊——无望，但却"脚印如剑羽，心似春江水"，生生世世，心里有不灭之志。所谓里白，所谓李白，谁死去，谁不死，风声拂来，雨声浇去。时间倒没有欺骗任何人，有些人成了尘沙，有些人成了日月。

　　我爱李白，不止于乡亲的留痕，他是这个诗国星空上最亮的星辰中的一颗。夜色因他更亮，江河因他更有一种宏声。

　　是李白，让我在里白的茎羽边禁不住停下脚步。

漩涡里的洋柿子

人类最早歪曲我，把我当成毒物，我鲜艳的果实并没有杀死那些敢于品尝我的勇士。人们又开始说，我是催情的不洁之物，私下偷偷吃过我的人，对我无比地失望。和我妖艳的样子不同，我的生命紧贴着人类的生活。当我进入千家万户的厨房，胆小挑剔的人类又会怎样评价我？

　　　　——一本《植物史话》里，番茄用这样哀怨的口气叙述自己的进化史

很久很久之后，我才能把洋柿子、西红柿和番茄融为一体，又能详细区分它们之间的差异。它们是同一样东西，却又像是三种不同的怪诞事物。它们既是蔬菜，又是水果。不管叫哪一个名字，它们都有极高的黏度，紧紧把自己和生活的土地粘在一起。

小时候就叫它洋柿子，这个名字灌了耳音后，就一直有极高的辨识度，之后听到西红柿和番茄，就觉得这两个名字是从洋柿子这个名字里剥离出来的。虽然后来知道物种变迁的演进正好相反，但也发现，真是奇怪，世界会从一个人生活的圆心向外扩展，和书本上所说的种种逻辑推演无关。通过学习，我们能清晰地掌握进化史的各个关卡，但不是这些进化史指导我们生活的方向，而是那些伴随我们生活的点点滴滴，最终决定了我们进入新世界的起点。

我诞生的地方，是一个闭锁的乡村，它的落后在另一面又很容易成为一叶障目的自满。在憧憬世界的年月，觉得外面的世界是一个无极的汪洋，而自己在汪洋中的一个孤岛上。洋柿子在这样的中心孤岛上成了独一无二的产物。书本将人

从无知中解脱。我空想着世界，知道世界还有七大洲漂浮在四大洋上。正是这个"洋"字让人怀疑，这个"洋"字代表着什么？在我的周围为什么会被那么多的"洋"所充塞，比如土豆叫洋芋，火柴叫洋火，布娃娃会叫洋娃娃。洋柿子和冬天才能吃到的柿子是那么不同。当我理解到这个"洋"字里包含的攻击性时，一种无力的怒火又让人感到自卑，为曾经的软弱和怯懦，洋柿子三个字里剥开的历史，展露出那些说不尽的失魂落魄，让人在无奈中叹息，有无形的烈火在内心深处燃烧起来。

我吃着洋柿子，风在荒野里猛吹，成熟浆果鲜红的汁液从嘴角流下。洋柿子进入生活，直达肺腑的中心。那样的岁月，镶嵌入我的生活，融进了我的骨肉。它给予我生命的活力不断把我往遥远的世界推去，把我推进城市的骚动，把我推入高楼大厦林立的街区，把我推进各式各样观念的丛林。

第一次在超市的货架上，看到西红柿的标牌，那个大大的篮子里，满满被人挑来拣去的果子不是我熟知的洋柿子吗？但有朋友在身边，我羞于将洋柿子三个字讲出来，洋柿子三个字的韵律音节发硬发僵，好像我生活的土地让这种鲜红的水果蒙上了灰色的尘土。城市的生活包含着自由与孤独共生的果实，也包含着种种标准化的定义。我从乡村的孤岛来到城市有序航行的舟船上，巨大的船舶带着未知的命运在幽深的河道里漂移。我把洋柿子三个字的音节埋藏了，取而代之的是西红柿这个名字。

不管在何处，我习惯吃西红柿炒鸡蛋，习惯吃西红柿鸡蛋面。世界在我的骨子里渗透进来一种坚硬的胶质，几乎是无情地要求我在空荡荡的世界里支撑起一个精神上独立的空间。不这样做，就要接受无情的溃败。惊奇地发现，西红柿炒蛋通行全中国，它不分高低贵贱，压平生活的棱角，将平凡定义为简洁。西红柿又常常是我和朋友们野外跋涉自带身上的补水包。

番
茄

番茄，茄科，番茄属，又称洋柿子、西红柿，原产南美洲。是世界上种植最普遍的果蔬之一。

　　翻开西餐的菜单，我第一次点到番茄炒蛋，以为是个特别的菜式。我一直在攻入陌生的世界。人生往前走一定会是这样，那些原本新鲜的世界在眼前会熟悉，会漠视。我抵抗住自己的无知，并没有尴尬。朋友见我点番茄炒蛋没说什么，原本到这样的地方来，不是来吃番茄炒蛋的。我也没有意识到，自己踩着洋柿子、西红柿概念的台阶，终于走到了番茄的地界上。我需要知道的一样东西的进化史终于完成。对世界的认识自然一直都在继续，认识意味着寻找。从生命的孤岛，来到漂浮的航船上。我看着放在面前的番茄炒蛋，对见识到自己的无知和尴尬茅塞顿开。

　　南美洲西海岸的高地上，番茄的始祖野番茄在把熟透的浆果和成熟的种子落到土壤里。南美龟和斑头燕雀吞食这些鲜美的浆果，迁徙的动物们，代替无足的植物，成为它们行走的脚印。番茄的种子由此走入内陆，带进封闭的河谷。远古玛雅人的聚居地周围，那些采摘浆果的妇女，正为部落熬制魔幻药的巫师，还有狩猎中饿昏了头的猎手，这些人的手一次次伸向番茄的果实。番茄成熟浆果酸甜生涩的滋味由此在人类的舌头上复活。

美洲有很多关于人类第一个吃番茄的传说。伟大的番茄与人类世界发生关联离不开那个莽撞的痴汉，离不开那个第一次误打误撞冒险成功的人。

番茄的幼果有毒，这我从小就知道。大人刻意警告我们，青色的洋柿子不准吃，吃了会死人（其实并没有那么严重）。但有一个矛盾的地方，大人又让我们到地里专门去摘青色的洋柿子，清炒的洋柿子味道酸极了，鲜美而馋人。了解了番茄的进化史后，才知道没有成熟的番茄果实里，累积的番茄碱对人肠胃致命的刺激，通过高温，番茄碱又会分解，变成诱人的滋味。

在《圣经·旧约·创世纪篇》中，拉结与利亚用来制作春药的曼德拉草，据说和番茄苗长得很像。被赋予催情效果的番茄，在禁欲的基督教时代，成了僧侣菜谱里禁止的食物。这种禁止反而增添了番茄在世界上传播的动力。

我是把番茄误会成了茄子，茄子炒蛋我确实没有吃过。菜单上的番茄炒蛋在我大脑里呈现出紫色和金黄交织的画面，这种图景的搭配触动了我的好奇心和食欲，反而让我踏进了自己很久盼望却一直未能进入的番茄的陷阱。

倒悬的锋芒草

当时，马孔多是个二十户人家的村庄，一座座土房都盖在河岸上，河水清澈，沿着遍布石头的河床流去，河里的石头光滑、洁白，活像史前的巨蛋。

——[哥伦比亚] 加西亚·马尔克斯，《百年孤独》

翻看昔日的笔记本，看到摘录过下面这句话：

蓝色包裹着云层，河流在世界上翻涌。树枝的新叶，雨一样落满树身；树木的根须穿透灰褐色的云层；饱含汁液的嫩茎搭在人们的肩上，原野遍布着荒草。倒悬的鲜花像一张张热烈的嘴唇，把爱恋的热气吹拂过世人的脸庞。

因为这句话，我曾试着把眼前的世界倒个个儿来看，来感受。那种倒映的时空，好像两重宇宙的对接，意志的重力将曲率的光线拉成无数新的回环。

锋芒草是荒山野地最寻常不过的禾本科杂草，它的开花结果几乎和生活不发生任何关联，就连羊群也极少啃食它没有多少营养干巴巴的硬叶。在泥土拌着石子的沟渠边，在积了污水，荒芜到没有人烟的野地，锋芒草一节一节生长出的身体里，那种自生自灭的寂寞无人触及。

正因为如此，当我在书中的插图上看到锋芒草的彩页，一下子熟知它在我脚下曾经出现过成百次上千次。那种陌生与熟悉相互交错的感觉里，渗透出一股久违的火辣辣的新烈，就像我被某个人诱惑了一般。

人关于绘画的想象全部由激情推动,越抽象,激情越丰满;越具体,理性越沉郁。这幅锋芒草的水彩画抽象交叠着具体,像朝着我甩过来的一张网。

在国家图书馆里,我翻动这样的图册,被绘画者的灵气和冲动吸引,他用水彩的颜色勾勒锋芒草的笔触让我想象锋芒草在西北的泥土中生长的样子。因为离着家乡那么遥远,我抬头看头顶巨大的天窗外展露出来的蓝色,太阳照耀的天幕上,好像突然涌出一株被不断放大的植物。我不敢肯定,那是我旧日意志的膨胀,还是我心里一道隐秘暗渠被开挖?

前苏联导演塔可夫斯基在他著名的日记《雕刻时光》里写道:

某个寂静的深夜去仰望星空,就好像那种仰望是人生里的第一次仰望,灵魂被震动,因为星空给了我异乎寻常的感受。

他又那么肯定地写道:

一个人能够重建他与自己灵魂源泉的盟约,以此恢复他与生命意义的关系。

被放大的倒悬在天幕上的锋芒草,让人感觉到一种自然的逼视,感觉到一种世界被换位主宰的错觉。人只有敬畏于自然,才会察觉到人与生命深层的关联,才能察觉自己与生命,自己与灵魂之间的盟约。

我带着天地倒悬着锋芒草的想象走出国家图书馆的大门。

在图书馆门口的台阶上,能看到对面一栋灰褐色的高楼和另一栋白色高楼中间切割出来一块天空,那道长方形的区域,浓浓的灰云遮盖住蓝色,雨腥气在空气里闻起来那么浓。那道天空突然像是被撕开一道口子,从那道口子里,白色的

锋芒草，禾本科，锋芒草属，一年旱生小禾草，须根细弱，基部伏卧地面，常在荒漠中和冠芒草、虎尾草群生。

锋芒草

闪电，在天幕上画出一棵草的样子，裂口一瞬间雪白，大概我的视觉被伤害到，那雪白又瞬间转换成漆黑。那既是一株植物的幻影，又像是连接不同世界通道的一个出口，那个出口深邃幽暗，如魔瓶一般要吸人进去。我惊诧地看到，一株快速生长倒悬在天幕上的锋芒草，在这个雨意飘摇的时刻，把多彩颜色的汁液，滴滴答答从天上滴下来，它用狰狞的生长意志俯瞰着嘈杂的世界，俯瞰着街道上疾驰的车流，俯瞰着雨中熙熙攘攘的人群。在时间的荒野里，安安静静，生根发芽，自生自灭。

其时，我正站在雨中，大雨浇过我的头顶。

和父亲走过四月的山野，山间并不整齐的梯田上，盖着一块块正在消融的薄雪。田间的小道就像人间的道场。两行脚印里既有欣慰，又有尴尬。我们父子极少有过这样单独野外的散步，即便有，也是父亲曾经带着年幼的儿子，内心并不平等地行走，一路上，不可能去触及内心。

但自从我开始写作，这样完全平等的散步倒是发生过几回。我不知道这样的山野对父亲来说意味着什么，我空想的世界，因为有书籍出版，也让父亲试图了解儿子对生命的选择或许是对的。但很多时候，他实难理解儿子无所事事地翻书，又在文字中如此枯寂地独自一人长久生活下去。他不多的几次陪伴我，大概也是试图理解我。

山路田埂上，渐渐消融的雪被下面，春天的气息从土层深处冒出，芒草、冰草、狗牙根、荠荠菜、狗尾巴、狼尾蒿、反枝苋、锋芒草……草木的新芽就是春日无可辩驳的精华了。新绿给黄土高原的空旷赋予升腾与翻新，赋予流动与关联。

走过一片草锄得干干净净的桃园，"人间四月芳菲尽，山寺桃花始盛开"，我心里闪过这样的诗句，但江南春深的明媚，并不出现在黄土高原的寂寥与苍茫里。西北的四月，蜜蜂簇拥着花裙，自有它仰望蓝天的意趣。

生命的春天弱化了父子之间沉默的难堪。父亲对着桃林说："这家勤快人，会务地。"地埂边上有锋芒草纷乱地长着。父亲弯下腰，拔起碍眼的杂草，随手甩到桃林边的土沟里。我们从这层土台走到下一层土台，看到被父亲甩到山下的锋芒草，挂在崖边的酸枣树上，身子的断肢残片，在风里摇摆。

被我一扫而过的锋芒草的身影，就在那一刻成为埋藏在我脑海深处倒悬锋芒草的来源吗？

记得父亲说："这草最麻烦，哪里都能长，怎么锄都锄不净。"

飞旋利刃一般的锋芒草，并不理会别人的说辞，它生长的意志能够在各个层面上显现。

几个月不见一滴雨，天气沉闷极了。希望熄灭，生命力削弱，向死的危机让所有生命感到不安。阳光穿透稀疏的树叶，黄土的缝隙里冒着土石的白烟。绿色枯竭的原野，果实在树枝上耷拉着脑袋。

在如此闷热的傍晚，山峦的地平线隐隐飘散过来一丝难得的凉气。那时候，河湾还没有被房地产的风潮侵占，成片的农田中间，能开着拖拉机穿越的小道上，蛐蛐声和青蛙声还能听见。

黄昏，父母和我到河湾里散步。干裂的麦地上，锋芒草依然固执地飘动着枯黄的叶子。父亲用脚踩过奄奄一息的枯草，又把脚收回来，"根浅，没有一点水，也不知道这草是咋活过来的！"

我不记得雨季终于来临之后的情形。雨水太多未必是好事，无论乡间还是城市都是如此。但在雨季之前，锋芒草在我眼里是枯草的明镜，是死亡边界上的灯火。我成百次上千次地走过它的身旁。我和它之间从来没有发生过任何联系，哪怕凝视，哪怕呢喃，哪怕去毁灭。

直到意识到，透过一幅水彩画，它在我面前倒悬下来，如星辰般刺穿我的黑幕。

如此怪异，如此酷烈的景象，让我想起我和父母之间有过那么艰难的相互的理解。这理解当中，有一部分变作和解，那关乎基因的传承，关乎肉身的得失；有一部分则异化成各自的坚持，这关乎观念和精神无可取代的独立，我与父母之间终于有各自对生命无法改变的一些认知。这些细微裂痕带来的痛苦，倒让意识到的骨肉相连的爱，更加鲜明，更加牢固，更加持久。

就是这样，我重新拥有了锋芒草。

微馆Sunshine
2017.1.12

小仙女的舞蹈——麦瓶草

我把我的心之碗轻轻浸入这沉默的片刻里，它盛满了爱了。

——[印度] 泰戈尔，《飞鸟集》

风吹过麦地，葱绿的麦浪里夹着几枝麦瓶草的紫红小花。

"小仙女在跳舞了——"小孩子拍着稚嫩的手掌一蹦一蹦地跳着欢呼起来，声音把路边的几只粉蝶惊得飞起。

绿叶上的阳光脆金迷黄，伴着清凉的风。太阳跃出地面，清晨的滋味如同爽朗安宁的笑声。

"像不像笑声！"父亲牵着小孩子的手，站在生活和自然一同苏醒的土地上，被夜梦搅扰的烦闷消散了，内心平静了下来。

父亲在夜晚给小孩子讲了小仙女的故事，此刻，他指着山坡上一片果实累累的亮绿鲜枣问孩子："这是什么啊，我们在超市里看到过的？"

"这是小仙女。"童子音把父亲逗笑了。

"这是叫枣的小仙女。"

经过果实垂枝的桃林，父亲又问："这是什么，昨天我们刚刚吃过？"

"这还是小仙女，咯咯。"小孩子笑得更得意了。父亲挠着小孩子的头顶："调皮鬼。"

在麦田的地埂边，有几丛麦瓶草的紫花从麦穗的缝隙里探出身子。紫花在绿色麦浪的掩隐中像小孩子的眼睛一样明亮纤小。小孩子站住脚步，盯着紫花看。

麦瓶草

麦瓶草，石竹科，蝇子草属，一年生草本，多生长在麦田或荒山坡地，5—6月花期。别名净瓶，米瓦罐。

"等一下啊，站着不要乱跑，我给你摘些好吃的。"

"好啊，好啊。"一听到有好吃的，小孩子被紫花吸引的目光一下子转移到了父亲身上。

一个助跑，跃过两米的土渠，摘了一把结了果实的麦瓶草。转身再跃过土渠的时候，某种久违的童年的顽皮在父亲身上浮现。父亲的一点轻快情绪感染到小孩子，她半张着嘴，对父亲鸟儿一般地跳跃感到惊讶。

麦瓶草的紫花一部分成了果实，一部分还在盛开。

"泡泡裙，小仙女的泡泡裙。"小孩子指着麦瓶草的果实，想起了童话故事里的世界。紫菀的头饰，纤细的腰肢，倒纺锤形的棱纹绿裙。麦瓶草的样子拉开了小孩子想象力的幕布，她还想把头伸到幕布里。

父亲摘了几枚麦瓶草成熟的果实。

"这个可以吃，爸爸小时候常吃这个。"

"给我吃，给我吃。"小孩子张开手掌，父亲把一枚果实放到她的手掌上。父亲吃着麦瓶草的果实，有滋有味，他从中不仅感觉到一种野果的滋味，还有浸着苦涩人生化成的美酒在他的舌苔和脑海里流出的气息。

小孩子咀嚼了几下，皱起眉："一点都不好吃，这个一点都不好吃。"

"这个像小仙女，小仙女不能吃。"看着爸爸意趣盎然咀嚼的样子，小孩子抗议起来。

"小仙女在跳舞，爸爸，你快看啊，小仙女跳舞了。"

风，静静地吹过世界。不远处，麦浪中间，麦瓶草的紫花夹在无穷绿色跌宕扩张的来回中，这个自然精灵散发出迷离的光晕，一时融进自然，一时又融入父亲和小女孩的眼里。

绿色火绒花——扫帚菜

"在生命圣洁的殿堂里，能捕捉到几粒荧火，就是你的幸福了"。这是我时常不忘的一个西方古训。一个人一生里，总要找几个古训做自己行事的准则才会让生命稳固。当宏大向我扑面而来时，我尽量让自己去关注细节，当细节铺满眼前时，我尽量让自己生出一点恍惚，并在这恍惚里，尽量把细节里的琐碎锤炼出一口古钟出来。

——《日记》

秋末冬初，北京的天多数时候是明晃晃的，蓝得如同晴空下的海。数不尽的微风，吹着华北植被上那种憨憨的硬绿。空气如溪水般清凉。

有一股恬静的味道，穿过了这个季节的天空。

去爬八达岭长城，站在垛口上，西北方向太行山和军都山山脊上清晰的走线扑面而来。在山势的高处，视线可以一直远望，想不出来哪里是地平线的终点。耳边呼呼的风是通过牧野千里的内蒙古大草原吹来的西伯利亚的风吗？这风里一定有覆盖着冷杉林的积雪中散布的生命气息。远处褐色山峦上浮动的辉光弥漫了整个天空，四周人流如织，却也觉得世界是寂静的。

平日里，穿过北京蛛网般的街道，穿过擦身而过漠不相识的人群，眼前掩映在历史角落中的新楼旧瓦，让人觉得这似乎是一座忘都。我忘了它在我身边的存在，只觉得，有看不见，却能在毛细血管里流淌的滚烫的东西在骨子里绵延。我在自己选定的一条血管里，一步一步走近心中的花坛，然后尽上力去开放。北京给了

地肤　地肤，藜科，地肤属，株丛紧密，呈倒卵形，种子可入药，叫地肤子，嫩叶可食，老枝用来做扫帚。

我心里这些观念生长的土壤。

　　陪朋友，陪父母，好几次进出过孔庙。在立满碑刻的孔庙里，转过几个拐角，在十三经刻石馆外，看到一片春潮乍起的地肤。孔庙里的侧柏雄健古雅，幽静和威仪填满着视角和心里的各个空间。有一次，看到一个年轻母亲，带着两个如花的女儿，站在地肤起着细浪的绿波上。一个幸福堆了双肩的男人，蹲着，站着，被眼前的女子呼来唤去，左拍右拍。四周环境的庄重典雅，让地肤的绿色里透出轻盈，那种俏皮的鹅黄色的绿仿佛是时间和思想的双翅凝聚成的。庄重静幽的绿成就了欢腾跳跃的绿，长久的沉重成就了片刻的美好。我站在这片如火焰一般跳荡的绿火上。

　　这绿，曾几何时，是我在乡村院落里再熟悉不过的绿色。在乡村里，地肤有个别致朴实的名字——扫帚菜。地肤的嫩叶，夏日可食，到了冬天，地肤的枝干疯长起来，可以长到齐人高，它饱满柔韧的枝茎，用细麻绳串联起来稍做编织，就可以做成扫黄叶、积尘、飞雪的扫帚。扫帚菜这个名字倒是从"用以其名"中得来。植物的很多俗名如同融合了乡村生活的诗，这些名字既有形式上的趣味，又粘连着乡村生活的浓浓气息。

　　"育，去，把扫帚菜的嫩尖尖摘下来，做凉菜。"外婆和妈妈这样对我说。

　　院子里的扫帚菜正在风里轻摆，那片绒绒的绿，既是季节里一种独特生命的姿态，又是穿肠过的美食。它凝固并保存了我童年味觉的记忆，在季节变迁中，和我童年人生的欢跃结伴。

　　在我的少年日记里，写过这样的话："地肤是绿色的火绒花，生命的火不仅燃在地下。"

洋槐花跑过四季

当悠扬的哀愁蛊惑我眼睛的时候，

我会一次次掉下甘美的泪水。

——[英国] 济慈，《啊，我真爱——在一个美丽的夏夜》

春天

春天，朋友说，就是把冬天的门闭上，把春天的门打开，世界又要开一个新房间了。洋槐花的生命正和大地的生命结合在一起。听得见和听不见的脚步声里，洋槐花的影子藏在树木秃枝的深处，可以听到生命峡谷里有细微生命的回声：深沉的土地是洋槐花，苏解消融的冰河上窟窿眼里晶莹洁白的颜色是洋槐花，行人脸上从心里渗透出来的生活的愁苦和生命的满足是洋槐花，熙熙攘攘所簇拥起来的闹哄哄的生活的热气是洋槐花。

冬天，水清瘦俏丽，山寒林孤吊，人则像厨房里的大师傅一样有个大大的脸盘。春天，水成了唱着歌拍着掌的十六岁少女，山像狂奔着踏碎草尖的十八岁少年。穿越林子的小雀儿把轻盈的体态和婉转的鸟鸣注入到人的血管里。偶尔，春风浮荡，雪花飘起，那是从冬天没有关紧的门缝里涌出来的。因为是涌出来的，一丝轻暖的风对这份寒意反而成为了一种骄惯。雪不再是冬天里沉闷的雪了，在苏醒温暖的大地上，雪花多情而狂野地引着春花开起来。旷野中，洋槐树灰褐色的枝条上，雪花像小猴子一样荡着秋千和万物一起跳精灵舞，它把飞花的梦，寄托给风里变

刺槐

刺槐，豆科，刺槐属，落叶乔木，又名洋槐。原产北美，19世纪由德国引入山东青岛。是适应性非常强的绿化树种。树皮厚，灰色，有深裂纹；花白色，穗状，可食。

得鹅黄的细枝："开花的季节里，要记着把我的灵魂从你的心里解脱出来啊！"这样的话，如同给洋槐树受孕，它伸开双手把雪花晶莹的滋润许诺般接住，记到树根上，枝干上，成了一个心里有了寄托的怀梦者。

夏天

玉石上的飞花时常让人惊艳，即使是翡翠白菜上啃吃菜叶的几条蛆，都可以以国宝的身份在庙宇高堂上俯视人挑剔目光里透过来的惊诧和叹息，仿佛这石上花不是自然精灵在人心上复活，而是天上的物品展示在人间。

洋槐花，五月天里苏醒在绿叶的肩上，不是一朵一朵，而是成串成串的，展开蝶形的翅膀，香甜丝蕊吐着如兰的气息。能看到数不清的洋槐花雍容地和自然对坐，看最美的季节里，繁花怎样一个一个一排一排盛装走过时间的舞台。雨洗过万物的时刻，世界安闲、宁静、平和。对着洋槐带着玫瑰刺的嫩枝，对着长得越发高耸的沾了雨水的黑黝黝的树干，洋槐花为某个灵魂的寄托者说："雪，你的灵魂解脱了吗，你的生命又一次盛开了吗，冬天和初春的嘱咐，这样，算是完成了吗？"雪没有回音，久远的生命峡谷也没有回音，为嘱托而盛开的洁白的花朵，要的不是回音。它盛开着，如雪一般，白色里含着一点淡绿轻黄，如玉，似烟，雪的灵魂附着在花的身体里。当雪透过洋槐花的身子微笑时，它不再需要言语。

秋天

秋天的果实里，沉甸甸的丰盈中，也能看到某种逝去。秋天是个金黄色的愁乡，我们在秋天感觉到在痛苦中诞生的美，经历了岁月的沉积所获得的果实都是美的

矿脉，那些挂在自然里的果实都是苦痛和欣喜的结晶。应该为握在手里的果实感到高兴，它香甜饱满圆润，痛苦里的彷徨忧愁，孤独中的积累融合，作为生命所能获得最好的智慧的熔炉，这果实里，希望和梦境终于成了真。

洋槐花的果实，在秋天里生在果荚的翅膀上，它在呼唤风，然后借助了风。不，它还在呼唤酷烈的风和秋日里的骄阳，曾经羊脂白玉的花朵，经历过看不见的痛苦，分娩出洋槐花的果实，风把这些果实吹得更加干燥，阳光又把洋槐花的果夹里的水分抽得不留一丝。在某一个夜晚，洋槐花的种子"啪"的一声，由十几米高的树顶落向大地。

洋槐花的精魂看着落向大地在风里流转的种子。它向某个看不见的身影说："雪，这种子是不是你的召唤？大地寂静下来，使我复活一季的身躯也将沉睡，我将又一次梦你，梦到你在交织的枝桠上跳舞，梦到你攀上光秃秃的树顶，在喜鹊筑起的新巢里，为一个沉睡中的新生命戴上银色的圆帽。当我向你走来时，你会嘲笑被你动人的美弄得神情呆滞的我吗？我又要进入一个怀梦的季节，一个能够梦到你，却无法真正拥抱你的季节，我总和你错身而过，但我觉得自己从来都没有失去过你。"

冬天

雪花落满大地，这是多么奢侈的冬天，这个北方的城市，落着雪花的日子如同节日，人们穿上厚厚的衣服，在雪地上踩满自己的脚印，以便证实雪在一个寒冷的冬季，穿过了自己的身体。北方的冬天几乎都是暖冬，人在一个暖冬里会遗忘了雪，却又怕被雪遗忘，因此见了雪会奋不顾身地扑向雪。雪花转动着时间的轮盘，如同雨扭转着生命的季节。看到雪，心会缩紧，也会欢呼，因为雪把时间和空间割开，又把现实和梦境搅混了。雪让人意识到时间的流逝。我们是不是知道，雪其实也是一个梦——时间的梦，生命的梦，流水的梦，无色的梦，七彩的梦。

晶莹的雪花里似乎有洋槐花的影子，六边形的雪从高空落下，又被风卷入气流，它在风的呼号里发出了自己的声音："洋槐花，你看，你在冬天复活了，你在我的身上复活。在我无法看到你的夏天，无法触摸你的秋天，一切洁白的翅膀是你。恍惚中，我觉得，那翅膀也成了我。但在冬天，在清晨和深夜，我的飘落和我的狂舞，不止是为了我，也是为了你。命运的洁白不是连续的，但为洁白的灵魂的舞蹈却不会断绝。我的身影因为你，穿越了四季，这个，你可知道？"

"我跑过了四季，不是用脚步，而是用一点洁白的颜色，这样说，或许是没人相信的。但我确实那么欢快地跑过了四季。"

"雪，在我的季节里，你在梦里，在你的季节里，我在梦里。"

对洋槐花来说，心里的这点悲哀，不是为了使它萎靡，而是让它能带着期待的步伐，在每个必然到来的季节里，欢跃地步上枝头，重新开始追寻的步伐。那是为思念而生的意志。

毒物和魅惑者——曼陀罗

使人陶醉，将死魅惑。

——藏传佛教密宗对曼陀罗奥义的一种解释

先来讲一个关于神医华佗的故事：

秋天，花草结了种子，草木的精华也都凝聚到根上。华佗在山间采药，不慎踩上松散的碎石，从山腰一下子滚落到山下的曼陀罗里。曼陀罗的果实正是成熟的季节，流星锤一样的狗核桃上，木质化的尖刺铁钉一样硬，这尖刺足以扎透动物厚厚的毛皮，更不要说破开人的皮肉了。

坠下山崖的过程中，崖畔茂密的枯枝、山藤刮破了华佗的衣衫，和地面的撞击几乎让他背过气去，过度的翻滚让他头晕目眩。他闭着眼睛，舒展了一下惊恐骤然堆积在心头的闷气，惊讶地察觉自己还活着，腿脚还能活动。他用手扯着禾草站起来。

采药的时候还很少出过这样的意外，他试图回想跌落山崖之前自己在想些什么，脑子里却一片空白。撕烂的衣服下面露出砾石擦伤的血痕，血痕粘了泥土和枯草的碎叶，血水正从伤痕里渗出，血痕红中带青，看上去如同一块腐肉。只要没伤到筋骨，皮外伤没有什么好担心的，华佗知道，用清水洗净伤口，敷一些草药，简单包扎起来，不过三五天，伤口就会结痂。

"只是，啊——"他吸了一口凉气。

后背怎么没有了知觉？试着转动肩膀，肩膀像木头一样，好像不是自己的，

曼陀罗

曼陀罗，茄科，曼陀罗属，别名叫醉心花、狗核桃、洋金花、山茄子。全株有毒，有镇静、麻醉的功效。在西方传说中，曼陀罗是恐怖的植物，常长在断头台下面，拔起时会发出尖叫，听到的人非死即疯。在佛教中，曼陀罗代表着平等。

后背的筋骨受伤了？

下坠的时候，身体和山崖凹凸的地方一次次撞击，之后枯藤的断枝顶在腰部，一大蓬枯草又把将要撞得散落一地的自己迎手接住，最后跌进那堆一人多深的曼陀罗里。

山神啊，我在乡间救死扶伤，你是看到的。

在站立的这一刻，华佗才察觉身体像散了架，能闻到一股曼陀罗断枝碎叶的味道。华佗熟悉曼陀罗，又讨厌它。

"你开着白色五棱花，像个山妖一样踏着盘旋的舞步诱惑人，人们叫你醉心花。到秋天，老胳膊老杆的时候，果实长成刺球，变成让人生厌的狗核桃。活该倒霉，落下看不到顶的山崖，还要被你的一身臭味和狗核桃的尖刺伺候。但，也是幸运，命还在——啊，我的草药篮子，你也在那边。"

想想刚才，生命一瞬间聚散，手指头竟然触到了死亡的边界。华佗摊开手，看着一双血痕斑斑的手掌，手掌如同一张生和死的隐秘地图。血的暗痕深处是死界之门，而在微微颤抖的血肉的表面，生的舞蹈正缠绕在死亡的纹理当中。"伤得还真是不轻！"华佗感觉到了手掌麻酥酥地疼。

他感到有硬硬的东西顶着后背，冰凉麻木的感觉逐渐扩散后，疼的涟漪就像春雨落到湖面上。刚才后背完全失去知觉的惊心，现在转变为一丝丝的疼，肌肉在抽搐。这种疼反而让华佗心里一喜，"背部有知觉了，还好，背部有知觉了。"他喃喃自语，知道后背所受的伤都是可以挽回的。

把手艰难地伸到后背，后背的衣服也撕烂了，"啊，有几个狗核桃扎进了肉里。"因为察觉到受伤的实情，那份疼痛升级了，疼痛更加钻心。他试图像拔钉子一样，用力去拔背部扎到肉里去的狗核桃，每拔掉一个，感觉背上就会轻松一分。身体和狗核桃剧烈的撞击，让狗核桃的刺扎到了脊背的肉里，有一处和肩胛骨撞在一

起的狗核桃，自己也被撞碎，硬刺擦出的肉花带出血糊糊的肉沫。华佗尽量用手去摸后背的伤口，手掌上满是血沫。对一个医生来说，血并不可怕，可怕的是流了那么多血，却不知道身体出状况的原因。

痛感开始传遍全身，麻酥酥的感觉之外，那种痛感像锥子一样一下一下捅在心坎上。华佗缩紧了身体，脑子开始回想刚才身体由发麻到恢复痛感的细节。

"为什么会麻木？受了伤后短暂的失去知觉是正常现象。但像刚才那样没有任何的痛感，时间那么长，这就有些不同寻常。为什么会这样？"

一大丛曼陀罗倒伏在华佗眼前，断茎散落在地上，断茎的裂口渗出汁水，嫩叶砸成的碎沫沾在伤口上。

"难道是——曼陀罗，曼陀罗能麻醉人？"

想到这里，华佗几乎一下子跳起来，一身的伤痛都像是从身上散去。

这是关于神医华佗发现麻沸散的想象图景，我把它从故纸堆里捡出来，上面还粘着曼陀罗碎末汁液的清香。

关于曼陀罗，还有一个神秘而幽远的故事，这个故事属于藏传佛教密宗的修持，在这个故事里，曼陀罗是内心观想世界里灵魂守护的坛城。曼陀罗在那里不是具体实在的物件，而是精神想象的衍生物，是人的心魔出现时安抚我们心神的清凉药。坛城画成实物是个对称繁密的世界，画中城池一道包围着一道，就像人的心灵世界盛开的花朵。

西北大地上随处可见曼陀罗，旷野的砂砾中间，它是招人厌的野草，牛羊不吃，人也会绕开它走。据说，华佗以它为主要药引，来给头脑中生病的人开颅。在东汉末年，乱世出英雄的年月，能够开颅，而人不死，华佗也是那个时代救死扶伤的英雄。古代的醉心花指的就是曼陀罗花，狗核桃说的是曼陀罗的果实。

呼唤带了莨菪碱毒性的曼陀罗的名字："曼——陀——罗——"

　　舌尖滑过这三个音符，那种不可知又非实指的节奏，非真非幻，就像在念藏在某部古老典籍里的符咒——善待我，我们就是朋友，以恶对我，我便站在你的对面，成为你的敌人。但它不说，如同一个道行高深的魅惑者。

　　自然每时每刻都在和人类对话，这声音，我们医道的先祖华佗听到了，每个寻找心灵救赎的佛教徒听到了。

金芦苇

我们大家的构成物质，都与众星辰是一样的。

——[法国]玛格丽特·尤瑟纳尔，《北方档案》

尤瑟纳尔的这句话指导我写一切文字，指导我追寻过去、现在和将来的所有……

敦煌市地处塔克拉玛干大沙漠的边界，戈壁沙漠的地貌，就像性格分明的人，看起来一目了然。进入敦煌地界之前，车行在戈壁滩上，远眺，"平沙落雁黄入天"，近看，"碎石勾连阎罗场"。进入敦煌，迎面是笔挺的白杨、舒懒的旱柳，绿洲的生机把即将枯萎的人拥到自己怀里。车行过一个叉路口，司机说，从这里，拐道就是去莫高窟的路。从车窗向左手边望去，远处，"沙海波澜平地起"，灰铁色的三危山，篱笆墙一样横亘在天边的云朵下面。

那是镶嵌在鸣沙山中的莫高窟么？

那是三危山下被神光笼罩过的地方么？

那是近代中国文化史最浓墨重彩的一页么？

敦煌像中国近代文化史的一面镜子，我生命的阴影被这面镜子过滤了照透过。莫高窟波澜壮阔的生命史曾那么强烈地诱惑我，分解我。它像一个巨大温暖的水池，把我朝着世界的纵深向前推动。在骨肉相连的精神内核里，这沙海的土层藏有我敬慕的世界。站在莫高窟的身旁，来到自己精神的又一个故乡，隐隐心潮在起伏。

眼前的沙海深处，蒸腾的热气中散发出既陌生又熟悉的气息。陌生，是我的

脚印第一次走进你，熟悉，是在无数个孤灯只影的夜晚，翻动着敦煌的细节，自己内心的水流被拓展得越发清晰。

敦煌给人最初的感受是酷烈。我心里那个庄严辉煌色彩鲜明的城市和眼前灰色矮小面目模糊的边陲小城相对照，那是一种轻轻淡淡哀之伤的重现，却并未有失望。

人和自然是敦煌生命力恒久的主题，在这里似乎不是和谐共容，而是抗争和搏斗。沙漠和绿洲相互搏杀，寸步不让。

人类和自然之间，和谐与争斗，一直以来都是一个无比复杂的主题。和谐的心态为智慧的根本，也是对自己清醒的认识。人类本身就来自于自然，毁灭自然也就等于在自我毁灭；争斗，则是人的主导意识，既在和自身的欲望进行斗争，又在和自然向我们逼过来的紧迫进行斗争。两者的平衡，主导了人类的存在史和发展史。

脱离开理性的束缚，我喜欢沙漠的苍凉里渗透出来的凄凉孤寂的美。感受到美的孤寂，总会让人变得脆弱敏感。沙漠的苍凉唤醒人如过客的感受，生命的短暂进一步激发了人去感受活着的那种旁若无人的独立之美。

有朋友曾说过，二十岁到敦煌，是来旅游，长一点见识；三十岁到敦煌，会有感受，是人生厚度的增加；四十岁之后来敦煌，就会倾听，倾听自己的心跳从大地深处传出来。

和繁华的都市相比，敦煌低矮的街市看上去如同小镇。但在这样的街市上，人流一浪一浪推动，混杂着黄头发高鼻梁绿眼睛的人，这个西北边陲看似要被黄沙淹没的城市，它的不同寻常被来自世界各地的脚印诠释，衍生。这个昔日丝绸之路重镇的灵魂终年不绝地环绕着这里的街道。

从长途车下来，已经是中午时光，饥肠辘辘中，在路边小吃店狼吞虎咽一碗

芦苇

芦苇，禾本科，芦苇属，多年水生或湿生草本。生长在沟渠、河堤、沼泽地带。

牛肉面，背上背包，坐上8块钱的中巴车，大概半个小时后，车一头扎进巍峨白杨林遮掩起来的浓荫当中。路边的绿色沁入人心，沙漠里绿洲逼人的生命力向上升腾。想到自己此刻身处莫高窟，心脏的跳动一阵阵加速。

保罗·伯希和在他的《敦煌藏经洞访书记》中引《大唐陇西李氏莫高窟修功记》说，唐代的敦煌，"风鸣道林"，"露滴禅地"，那是一种被大森林环抱的感觉吧。此刻，打开的车窗里拥进凉风，这凉风好像透出记忆的纸面，诱人扑入历史的洪流。

宕泉河上看不到一丝水痕，坦然露着河床，河床上一蓬蓬骆驼刺凛然不可侵犯地在黄沙的簇拥中摇动，红柳的皮被风沙刮开，露出瘆人的青白色，绿色并没有在残存的枝叶上褪去，看上去反而更让人觉得惊艳与惨烈。

车停在敦煌石窟文物保护研究陈列中心的广场边上。停车场边，能看到宕泉河对面山崖上鳞次栉比的小小洞窟。问旅游商店的小商贩，他们说，那是以前敦煌的和尚、道士、画匠以及杂役住过的地方。一下子恍然，哦，那些四散在全世界博物馆里的壁画、雕塑、变文、经卷的创作者的家，就在眼前。这些大部分几乎无名无姓的囚徒，莫高窟所保存下来的，多是这些人生命信仰和艺术信仰的遗迹。

冯骥才在他的《人类的敦煌》里评价这些工匠："如果把无名工匠创造的敦煌艺术史与大师林立的中原美术史相比较，前者非但毫不逊色，反而有其不可企及、巍峨惊人的高峰。"只有走得如此近了，逐渐和如此辉煌的艺术相逢，才能够更深地体会我们这个文明的厚度，察觉一个文明的基因和骨血中隐藏的力量的强弱。

站在宕泉河边，河的对岸似乎有超人的魔力，在呼唤：走近些，再走近些。

我踩着岸边的岩石，跳到中午正冒着热气的干枯的河床上。沙地松软，走起来鞋子不断深陷。远处那些小方格一般的洞窟，像一张张幽灵之脸，曾经的死灵人，他们内心的紧迫，笔下的孤寂，为创作而暗涌的激情，此刻在这些空荡荡的洞窟中嘶鸣。

跌跌撞撞走了大概四五百米，走到了宕泉河对面岸堤的下面。岸堤上竖立着一人多高的铁丝网编织的栅栏。我的脚步再也无法前进了。

曾几何时，眼前的石洞是牧羊人、羊群、长途的旅客歇脚的地方。现在，这些石窟成了封闭的禁地。我站在铁栅栏下面的河床上，眺望近在眼前蜂巢一样的洞窟。石窟之间因生活而设的柴门梯道，被时间之手腐朽，在风沙肆掠中被大自然的刀锋削蚀。藏在洞窟里的故事被时间擦拭又揉碎。一切都无法追溯，无法还原。因为某种消逝，让人心隐痛。

拍下的洞穴，重新在电脑上看时，暗影斑驳的沙洞，被那么多苍凉缠绕布满。或许，这苍凉正是曾经的画僧画匠们在备受煎熬的岁月里残留在洞窟沙墙上的气息。夜晚，风沙吹过，柴门的阻隔，让凄号和哀鸣在夜风和深寒的月下，显出悠远鲜明的紫红色。

返回广场的路上，看到洞窟对面的岸堤上长着大片的芦苇，这些芦苇在骄阳的酷照下，绿叶硬挺，叶面上泛着如钢一般的亮色，叶子不像在南方见到的那么纤柔美幻，它们全然不是《诗经》里"所谓伊人，在水一方"的样子。这些芦苇身上泛着金色的光芒，身子像利箭一样，好像一瞬间要从干枯的河床上射向蓝天。

芦苇的色泽如此雄壮，好像那些无名画师心中的意志正与此共鸣，在除了死亡就是画画的日子里，面对选无可选的人生窄道，画师们将整个一生对于艺术和信仰的狂想与虔诚，倾注在自己的笔端，再无杂念。

眼前一年年死去又重生的金芦苇，让人心不安。干枯的宕泉河上，成片的金芦苇中间，微风在动。

不知道为什么，自己会眼泛泪光。

鹅绒藤三则

飞过池塘，飞过峡谷，飞过高山，

飞过森林，飞过云霞，飞过大海，

飞到太阳之外，飞到云霄之外，

越过了群星灿烂的天宇边缘。

——[法国] 波德莱尔，《高翔远举》

鹅绒藤和小动物

鹅绒藤耐寒，喜光。可以想象，鹅绒藤生长的领地，独特根系的向往，面向着开阔的边界。

从土崖上披挂下来的鹅绒藤，就像点缀了满天星的绿色织毯。也确实就是织毯，鹅绒藤不断延伸的细茎相互交织，就像半山崖上挂着一道奔流。

铺地生长的鹅绒藤，会形成一个蔓延扩展的草圃，蓬蓬松松，在风中起浪。这块鹅绒藤编织的秘密基地，时间不长，就会变成动物们的天堂。

在天地大迷宫里奔走的野兔把鹅绒藤这样的基地当作一条隐秘的通道。看不出眉眼来的瞎瞎[1]，在阴凉的鹅绒藤下的泥土里为自己预留了隐蔽的出气口。

有好几次，看到从鹅绒藤中窜出的野兔，它好像为自己很好地利用了这个草

1　瞎瞎，音 haha，草原鼢鼠，长期穴居地下，眼睛的视觉功能退化了。肉、骨可食。

圃的伪装感到骄傲。兔子的智慧强烈地刺激到了我的好奇。和野兔在山中总会不期而遇，那一刻，世界仿佛静止，人与兽相互都会假装，那种自欺欺人的样子好奇妙，想笑又不能笑。野兔屏着呼吸，双足立起，状似发呆，以为自己正隐身在土地的保护色里。我的眼睛尽量看别的地方，脚步却慢慢朝它走得越来越近。终于还是野兔憋不住心中的恐慌，它猛地从那个隐身的点上窜到被无数眼睛逼视的世界里。这个从黄土的背景里突然掉出来的泥胎，它由静止到突然加速，就连整装待发的人也会吓一跳。猎物的奔逃激发了追击者的兴奋。山坡上，奔逃的疯狂紧随着追赶的疯狂。转过山脚，野兔一个急转弯，钻入一大片鹅绒藤的网络。鹅绒藤正在开花，它的藤蔓像是无名的巧手编就的。我绕着鹅绒藤，丢土块、石头到草圃上，用枯树枝敲打，大声地呼喊。我弄出那么大动静好像没有一点意义。蜜蜂、蝴蝶依旧在花上飞起，一点野兔的踪迹都看不到。正怀疑这草圃下面是不是有狡兔的洞穴，突然从另一边的藤蔓边缘，一个影子窜出来，眨眼间逃之夭夭。

鹅绒藤鲜嫩疯长的根，给了瞎瞎合适的栖息环境。据说瞎瞎肉很香，我曾跟随一帮人去抓这个土层里的隐居者。人们用镰刀把鹅绒藤刮开，用铁锹和锄头从土里刨出"吱吱"叫的瞎瞎。因为这瞎瞎不是由我亲手抓到，年幼的我，脑海里突然产生一个强烈的幻觉：用一把火，把鹅绒藤蔓延铺展的毯子点燃，熊熊大火中，有刺激和亢奋从心里冲出，伴随着挖掘的众人一起一伏的手臂。

我不能解释自己心里产生这种狂欢念头的缘由。

我并没有把鹅绒藤点燃过。

鹅绒藤和画画

在幼年的游戏里，有鹅绒藤做过的画笔。

鹅绒藤　鹅绒藤，萝藦科，鹅绒藤属，多年生草本；全株披短柔毛；叶对生，宽三角状心形；花冠白色。

折断鹅绒藤的嫩茎，中空的茎秆里会流出乳白的汁液。一起爱好植物的河北朋友曾告诉我，在他们那里，鹅绒藤又叫白奶奶秧，指的就是这种汁液的颜色，还有它果实的形状。

用鹅绒藤嫩茎分泌出来的白色汁液并不能写字作画，这汁液少得无法拉出一根完整的线条，更谈不上勾勒和展现。但作为小儿涂抹的游戏，却是足够了。

鹅绒藤曾那么肆意地爬过我的童年。

在观看动植物的画展时，在花卉和草叶的空间里，我总会下意识地寻找缠绕的藤架，我总以为这细藤隐匿着飞翔的意志，有我童年的游戏藏在其中。我观看葡萄、蔷薇、爬山虎、葛藤，它们在纸面上呈现，就像生命的真相在时光的细沙下面被一层层吹开。但我期望的鹅绒藤的样子总是难以见到。

起先是把鹅绒藤的嫩茎折断，奶白色的汁液渐渐鼓成一个圆珠，把这个白白的圆珠涂到手指上。山野少年的手，沾满汗渍、泥土、草汁，一道道划痕在手指胳膊上交织。这个脏兮兮的我，安然自在地玩转着自然的新奇。痛并快乐着的年月，镂刻下人生最悠久的印记。手指上的液体并不是用来作画，只是作为攻击和涂抹的需要。身体里那些耗不尽的精力，总是被无形的力量怂恿，去做那些兴之所至的事情。于是在其他孩子的衣服上、脸颊上，被太阳照得反光的青石板上，会留下那么多突如其来的一撇、一捺。这些无意识的线条里，隐藏着简略的山峰，半悬的明月，锋芒毕露的剑矛。突然有一天，惊诧到这些粗鲁的玩耍中间，有图画显现出来……但我对线条和色彩领地的突进仅止于此，我没有遇上把画面帮我撕开的领路人，没有遇上线与面有趣而深刻的解释者。就像鹅绒藤枯竭的汁液无法成为我心上的画笔，机缘和天赋都没有在绘画里给予过我任何的暗示，让我在绘画里做成一个人生的梦境。

我用手指上的白色汁液在泥土上涂远山的摇摆，涂河流的走势。然后把鹅绒

藤的细茎丢进泥土。我在日记里记录了很多山野的失望，记录了我被焦虑和虚无捆住的心灵。

鹅绒藤的灵魂

鹅绒藤的花朵就像跳水运动员在水池中溅起的水花。花儿凋谢，结出羊犄角一样的果实。

小时候曾问大人，"这个果实能吃吗？"大人还没回答，自己就已经摘了一个放到嘴里品尝，被大人一巴掌扇掉，一顿臭骂。我委屈地在旷野上大哭，觉得鹅绒藤不是个好东西，打我的人也不是个好东西。

西北乡下，鹅绒藤并不叫鹅绒藤，而叫羊角（方言发音 gě）蔓，鹅绒藤的果实长得和满山满坳吃草的山羊角那么像。

深秋，山野光秃秃的，灰色青黑的色调统治了山川村落。鹅绒藤的果实从壳中破开，银白的丝羽，牵着小小种子的期望，在风里飘动飞翔。

什么是植物的灵魂？是一种植物生命意志的聚合？是它为生存而获得的大自然的巧思？是一代一代延续生命的种子在未知与茫茫中迁移的样子？

鹅绒藤果实的外皮皴裂开，果壳里，银丝的光芒填满其中，银芒包裹着一粒粒褐色的种子，像圣殿卫士守护着王子的殿堂。风涌满山川，包裹种子的银丝随风像天使一样离开土地。我迷恋于这种银色的飞舞，专门在深秋和冬日的薄寒中去看鹅绒藤种子破壳而起的瞬间。这丝线，和阳光的金色扭结，风的斗篷将一粒种子的命运撑开，一株植物的生命之舞冲进四季的呼唤里。

我在山风里站着，片刻注目后，又快速离开。

好奇于鹅绒藤种子飞舞的时刻，是我在大自然里的摄取时刻。我惊奇于自己一下子的获得，获得了这个世界上最空荡荡的一种东西时的那种无言的惊诧。我怕我站的时间稍微一久，虚无和无限就要和我来一次猛烈的争夺。

细数杏花忆故人

在重逢之前，我们总要走很远很远的路程。

——[瑞典] 托马斯·特朗斯特罗姆

春天到处是新颜，来不及记述旧事。但新翻的泥土里，却藏着无数被冬天的冷雪和漫卷的风霜包裹起来的好故事。

走在枯草和绿芽中间，像是走在一个半梦半醒的世界里。

雪飘过没几天，接着下起春雨，雨的湿润把树枝染翠，成串的水滴顺着树枝上的裂纹一溜溜爬往根须。不知不觉中，山毛桃的粉红替代了窗玻璃上的霜花。

父母早起晨练，摘了好多苜蓿的新芽。于是，中午或晚上，便能吃到春天的野菜。

下午，在院子里的葡萄藤下，阳光暖暖地照着。坐在躺椅上，读胡适的《禅宗史研究》，黑白相间的小花猫绕过我的脚边，自个儿和落到地上迎春花的花瓣玩耍。读书读累了，放下书，伸手抱起小花猫，它"喵噢，喵噢"地朝我叫，像模像样的猫言猫语，要听懂就要考验人智商。

母亲年轻时在县城的苗圃上过班，她懂得一点树木的插扦和修枝剪叶。后院的杏树靠得房子土墙的后背太近，新枝已经顶住了墙壁。她喊我："育，来把树剪了。"

我拿着手锯，爬上树枝，听母亲指挥，把歪斜的杏树修剪得端正。

看着剪完的树，母亲说："今年的杏子能结一箩筐。"

晚上，睡在棉被里，不用插电热毯，房间里也不用生火炉子，可以一觉睡到

杏 杏，蔷薇科，杏属，落叶乔木。喜光、耐寒、抗寒、抗风，原产新疆，是中国最古老的栽培果实。

大天亮。蔷薇和金银花的藤蔓上冒出一层层芽尖。葡萄枝的皮开始变脆泛绿。

父母从不干扰我的写作。

在这样的春天里，每一天忙忙碌碌写到深夜，没有时间去想过去的旧事。

但和父母饭后拉家常，无意间问到了外婆的一些事。

"妈，我婆姓什么，叫什么名字？"外婆活着的时候，这个老人姓甚名谁，似乎和我无关。她的生命和我的小心脏好像有一种天经地义一起跳动的频率，她苍老的容颜，她硬朗的身骨，她整洁干净的生活，我的依赖与寄托和她共生在一起，她在我心里最柔软的地方有一块特许的专属领地，不容任何污垢和冲击浸透。

我开始写作时，外婆早已不在这个世界上。当枯萎懈怠，写作陷入迷茫，我在世界上寻找写作的支点，外婆的面容，她经历的年月，总会自然地显现出来。我开始回想她的个性，她的命运，她的妆容，穿过中国最为纷乱的20世纪的她的一生，她那么平凡的人生，背景又那么波澜起伏，她的每一个子女经历的波折，直抵我人生出现的起点。

"你婆叫张代儿，这并不是你婆的名字，你婆的真名叫杏儿，我和你大舅舅在填家庭成员表的时候，觉得这个名字叫起来不方便，便改了你三姨婆的名字。"

母亲的这些话很奇怪，尤其在这个春天里听起来。我原本以为那个有名有姓的人，经母亲一说，变得无名无姓，虚无又轻飘，像要被时光掩杀掉。她在我心里不容置疑的位置，激荡起我记忆深处隐藏的洞穴。

写作累了，多了到后院杏树旁散步的习惯。几日前修剪过的杏树上已经嫩芽戳开。过几日，枝桠上的花苞密密匝匝。时机一到，这些花苞就会"砰"的一声怒放起来吧。

"杏花——"

不知道为什么，这么一念叨，眼睛立刻潮湿了。在时间峡谷里消失的那个老

人的脸庞，仿佛在枝枝桠桠的花苞中间浮现，深深的眼眶，光滑整洁套在丝网里的花白头发，忧郁又有神的咄咄眼神，她看我那么的温蔼，好像时光在重回。

"婆就在这里了。"站在杏树下，虚空无垠，我心里默念。在母亲未告诉我外婆的名字之前，我从没特意去看过杏花。我细细地数着一朵杏花的花瓣，查看它的花萼如何被春风分成几支，还去看它怎样被雨水敲打。

"春时不该忆旧事，只怕未到知晓时。"时光驱赶着生命。

相守与别离，隐痛和愁怀，生扎根在死里。

敦煌河西菊

"嘉煌，你知道天堂在哪里吗？"常嘉煌怅惘不知。

"在敦煌！"

"你知道地狱在哪里吗？"常嘉煌仍然无以作答。

"在敦煌！"

——被称为"敦煌守护神"的常书鸿和儿子常嘉煌之间的对话

时间接近中午，阳光炽热，尤其在戈壁和沙漠的边界上更是如此。沙漠里的烘烤接近于酷刑。依着三危山和鸣沙山，被宕泉河水的波纹细浪推举，莫高窟的那片绿色就像明珠一样。戈壁的阳光直接而酷烈，但被合抱粗的白杨树的树叶遮挡，一点阴影同时落下一片清凉，伸出手，炽热和阴凉的温差能从手上感觉到。

在莫高窟里呆了差不多四个小时了，跟着手持钥匙的导游，每到一个洞窟，看她用手里的钥匙将一座洞窟的门打开，那种仪式感非常奇怪，好像历史的一个个断点被焊接上，让人有从时光笼罩的黑幕，踏上一个灯光明亮舞台的错觉。历史不可能如新生一般轻盈光滑。眼前的坑坑洼洼和千折百回，才构成历史的真相。但这些经历千年不被摧毁的洞穴，里头的空气和平常呼吸的空气，多多少少有些不同。导游声情并茂地讲述洞窟里的故事。是讲述，而不是背书。我喜欢导游所带的那种交流的口气，游人如果问的不多，她就讲得很简略，如果有略知一二的游客把一个洞窟的历史和故事线拉长，她就会随之讲起世界另一端漫长又庄严的时时刻刻。每一个洞窟都有讲不完的人物变迁，生死转移。听众如我，常常听得如同进入时光的荒野，在一个个已经消逝的历史现场散漫游荡，内心跟随着一波又一波的生死离别，心里无望的情感被一次次放逐。

历史沉重，时光让人压迫，大脑像被清洗和劫掠过一番。远观镶入山体的九层塔的阁楼，阁楼腹内神秘的大佛，俯瞰着过往年代的毫光，这些光芒点点滴滴渗进听讲者的心里来。

就这么安静地看了十个洞窟，身体和精神上有一种倦怠涌过来，独自走出莫高窟，耳边呜呜的风声好像是从那些半开的或者紧闭的洞穴里吹出来的。

今天的行程到此为止吧。想着明天再来，去看那些剩下的洞窟。对那些多变、奇妙而立体的故事，有了更多好奇的期待。

敦煌意味着什么？它曾经是冒险家的乐园，现在又成了幻想家的乐园吗？一个写作的人内心的局促与浑浊在这里能够得到一点滋养和厘清吗？当我来到敦煌，来过敦煌，一个文明的轮廓会更显清晰吗？不应该轻易相信所谓的神圣感，接近历史的过程，就是要把自己心里那些扭曲粉饰的曲线尽量修正，把一些假面在历史的长河中去复原。

藏经洞的神秘，莫高窟壁画、塑像的神秘，历经了千百年，已经成为这个国家每个人心里神秘的一部分。

敦煌所经历的那些毁灭性的历史，所经历的那些惊人的积累和沉默，让它像一个意外保全了历史真相的关隘。那些通过这道关隘的人物，被敦煌唤醒、沉迷、精研、提纯、升华，然后如天幕上的星辰，一颗颗升起。敦煌于他们，是苦难，是琼浆，是清流。向达、王重民、王国维、陈寅恪、张大千、姜亮夫、常书鸿……这些名字是脉搏跳动的序列，也是壮健新生的序列。

走出莫高窟，想找个休息的地方，看到甬道边上的长椅有人小憩。椅子旁的白杨树和榆树的浓荫遮掩着树下的椅子。那个歪在椅子里的人，面露倦容和浅笑，和周围的世界那么协调。戈壁的旷野，罪责的呢喃，赤心的祈祷，包裹着一个个放逐的灵魂。如今，这样的灵魂印记又游进了这样的旅行者的脑海里，被折叠，被膜拜，让新的胚胎萌芽生成。

我也在椅子的另一头坐下来。闷热和困倦几乎让人跌入梦境。我是相信自己是做过这样的一个梦的，即便梦醒，梦的内容全都被遗忘。在梦里，重回时光的巨浪把我冲上一个个历史变迁的滩涂，在那些历史发生重要转折的时刻，无数悲欣交集的记录被我的记忆所封存。当我猛地从浅浅的梦境里醒来，呆呆坐在长椅上，记忆像白纸一样干净，又像宇宙一般复杂。

从"石室宝藏"的牌匾下走过，那几个百变柔滑，活脱脱顺应了人欲的字迹，从头顶飘过。

正好走过一个容貌秀丽的导游，问她："去常书鸿的墓该怎么走？"

她指着沙漠深处："沿着这条路，一直往前，走到沙丘顶部，在左前方，就能看到一个黑色的墓碑，那就是常书鸿的墓。"她的声音恬静温和，耐心满满，好像我这个迷路人正需要她的指引。

宕泉河水几乎枯竭，走过狭窄河道的水泥桥，迎面莫高窟的界碑在热风里呆立。界碑的左边，是 20 世纪 90 年代由日本政府援建的莫高窟文物陈列馆。向右，沿着导游指引的方向，走入一片沙海，走着走着，感觉脚底下滚烫的沙子把皮鞋的鞋底都烤软了。这样的热度让人犹豫是不是要继续走下去。面对绵延的沙海，敦煌往昔的故事又变得清凉。

虽然酷热难耐，咬牙走下去，人的强悍的适应性很快就会表现出来。被历史的黄沙淹埋的莫高窟，被月明星稀的夜晚映照的莫高窟。一代代敦煌守护者就在这样的风沙里度过了一个个漫漫长夜……脚下行走的艰辛突然涌起一股感同身受的悲切与荣光。

河西菊

河西菊，菊科，河西菊属，多年生草本，
生于沙地边缘，沙漠低地。

在沙海中，偶遇一条新修的水渠，在沙漠和宕泉河之间，一汪细流的出现那么惊人，这些水就像死地的一个活扣。水渠的宽度一尺左右，渠里的水流不知是从哪里引来的，竟然流得叮咚作响。在热得快要背过气的环境里，水流激起人无言的喜悦。我把双手浸到水里，水的凉意瞬间透过了筋骨。一阵快感，从脚底穿过头顶，让人的牙齿都打颤。

水渠边，有麻黄、沙柳、梭梭柴、刺沙蓬。几丛河西菊正在盛开。盛开的花儿那么突然地触动了人身体里的孤独。那些和敦煌的命运紧密关联的书籍、画卷、书法里走出来的故事，花与黄沙的对照好像让那些干枯的尸骨在这一时刻突然还魂了。河西菊的花朵，好像绽放于创作的那一刻，让此时站立的我，仿佛站在那个屏气敛神眉头紧皱的画匠身旁。我双手捧起透明的流水，水的味道尝起来甜丝丝的。

俯身摘了几朵河西菊，用嫩茎挽成一束，拿在手里，继续朝着沙丘顶上默默安睡的那个长者的墓碑走去。鞋底黄沙在炽烤，逼着人把行走的脚步加快。

走上沙丘，眼前的几十级台阶被埋在铜粉一样的细沙当中。黑色的墓碑如短剑一样在流沙的侵蚀中耸立。墓碑上"常书鸿"三个字深深刻进石头里，凹痕被流沙涂抹得更加深邃。常书鸿曾说过，死后，埋他的地方，让他能够看到莫高窟的全景。我转过身，试着眺望三危山曾经放出金光的地方。老人的遗愿，应该是实现了。

这里安睡的不是一颗破碎的灵魂，而是一颗守护的灵魂。曾经，有多少颗这样的灵魂为了这份守护破碎过，又凝聚成一股坚守的意志。

莫高窟的奇迹形成自魏晋以下延续到现在的一条深厚壮阔的河流。在这个漫长积淀中扩展开来的长河里，沙海的沉浮，人性的征战，灵魂谱写出来多少天堂地狱的梦幻曲，这曲调像远方时而干枯时而流淌的宕泉河水一样，仿佛死去，却又永续着生命的连接。

河西菊的花香驱散了扑面黄沙里的孤寂。

我把盛开的河西菊放在常书鸿的墓前。

沙漠里看不到一个人，自己也仿佛消失到热风卷起的沙浪中。在一个宏大文明的森林里，身旁的这个复活者，不是岩石，也不是界碑，更像是一掬使生命仰头的流水。

常书鸿夫人李承仙的墓碑紧靠着他的墓碑的左侧，那是一个小小的墓碑，却好像超越了花儿的娇艳。多难世事的火焰和沙海无垠的荒凉，从来都决断不了爱的江河的流淌。

沙漠里的风又紧又急，还没来得急找个东西压住那束河西菊，风已经把花儿卷起，散落的黄花在沙浪中翻滚，仿佛有长袖彩衣人在沙的幕布上时隐时现。

针尖上的舞者——昙花

无论是在黑夜，还是在孤独中，

无论是在小巷，还是在人群中，

她的幽灵犹如火炬在空中飞翔。

——[法国] 波德莱尔，《今晚你说什么……》

赏昙花的一场生死，是夜来的一场盛宴。

静静的一盆花，在别的花儿绽放的白昼里，她的沉默，不依不饶，不离不弃。她清晰地知道自己生命的舞台，明白自己选择的那一场必然到来的开放，明艳动人，不会让任何目光失望。

曾和几个朋友在院子里赏昙花的盛开，在心底里，觉得美丽女人的浅笑矜持，也不过如这昙花与夜幕的一场悄然约会。

花在夜幕里绽放于 8 时，丝绒的粉嫩白边呼出了第一口清气，就像古代秦淮河上抱着琵琶的歌女，出船之后的夜风里，吹气如兰的手指弹出第一个鬼魅的音符。花儿将黑夜隐秘的大门推开。花瓣微微颤抖，大家睁着惊诧的眼睛，看眼前会说话的时间附体在一朵花上。

从来都没有见过时间的出生，现在大家都看着这花儿在一点一点分娩。耳边是各种好奇的声音，似乎还能听到古代无名艺妓指尖上的琴瑟，现时喑哑歌者心底的愁怀，生活里固执真情女子的浅吟轻唱。

黑夜如同天神，昙花就像地坛上的祭品，旁观者都是嗡嗡的蜜蜂。

昙花，仙人掌科，昙花属附生植物。灌木状肉质植物，幼枝有刺，老枝无刺，花白色漏斗状，夏秋夜晚开放，有芳香。原产墨西哥。别名琼花，月下美人。夜晚，1～2小时绽放后，又慢慢闭合。

昙花

华美绽放的悠然自得，平静如常的不动声色，猎奇与不解的啧啧称奇。

于是，我们看到了昙花花萼的松解，玲珑玉白中微微颤动的，不仅是瞬间来到世界中心的花儿，还有人心上发生过的那些纤阳暖照的变故。

朋友为盛开的昙花打上一束灯光。他说："这样的花儿，应该拥有一座配得上她绽放的舞台。"大家举杯，为第一朵昙花迟迟到来的盛装干杯。

俗世看昙花，只取了她怒放的瞬间，这份瞬间的娇媚，像是一个被嘲讽的判词，"昙花一现"像是在叙述一个肥皂泡一样瞬间土崩瓦解的城堡。

对昙花的一生，那三四个小时与世界的倾心相与，在别人眼里是短暂的片刻，对她却是生命的全部，它强忍住内心的浮躁，等到夜色中终于属于自己登台的时刻来临，并让这个片刻成为让繁花们企慕的事件。

她开始跳舞，裙裾飘起，快得惊人，又静得让世界转动的齿轮几乎停住。她对那些欢呼不以为意，她有自己生命里最重要的期待——等着钟情于自己的某个精灵，并使自己能够在短暂时间的针尖上，在轻盈完美的舞姿里，完成终生的受孕。有小小的飞蛾，绕着丝帛绢缕的花儿飞舞，朋友跑过去驱赶，觉得这飞蛾搅了雅兴。原本欣喜的昙花，突然伤心起来。

10时将过，数十朵昙花，同时怒放了。朋友们在昙花前面摆出不同的姿势拍照，与这夜晚花丛里的丽人做种种亲昵的别离。那时候，黑夜更蓝，星空更显明澈。

与君初相逢，就要与君别。昙花却在笑着谢幕。不像是卸妆，更像是睡去。梦里，何日君再来……花萼完全地闭合了。

眼前的花儿突然好像不是昙花，人生因不舍增加的那些厚度抵住生命的墙角。

因为不舍和重聚的期望，大家重又举杯，月色照临着杯中的酒影。昙花在众人的心里又一次开始绽放。

是青冈木，更是铁

骨子里性情彪悍，身子扭成醉鬼。

——《水浒传》

不管南方还是北方，都能见到青冈木的生长。植物学上壳斗科里专门有个青冈属，青冈属里有几十种植物，这些植物分布在中国的南方北方，和南方相比较，西北青冈属只占了少数的几种。

但青冈木总给我一种错觉，好像青冈木长遍了西北的山野，那些粗大的灌木、小乔木，斜枝杈生，皮色光滑灰白，木质坚硬扭结，这些植物都可以叫作青冈木。

给我这种错觉的，首先是父亲。

冬天劈柴的时候，费了九牛二虎之力，依然不能将一个树疙瘩劈开，父亲就说："算了算了，留着做木墩子吧，这块青冈木真够硬的。"

锯一块木板，锯了半天，手脚都酸麻了，木板才锯开一半，锯条的铁齿咬到木头的纹理当中，木头如铁一般咬住了锯齿。"拿一块青冈木磨什么洋工！"曾被大人这么训斥。

因为如此固执、坚硬，青冈木总给我奇怪的感觉，骨子里彪悍，身子扭成醉鬼，能适应各种恶劣的环境，生命力如火焰般旺盛，无雅致，少浪漫，信守许诺，一旦守住一根铁锹柄，锄头把，就会做到力承千斤。

还有更让人感到奇怪的，在古代，山民做铁炮，也有用青冈木做炮身的，仿佛扭曲身子里交错的纹理，以及木质化的维管结构，竟然在生长过程中把木头锻

青冈

青冈，壳斗科，青冈属。青冈木主要指硬木，在欧洲指欧洲山毛榉，壳斗科栎属中有一种青冈树。别称橡树，青刚栎。西北主要指硬杂木。

造成了生铁。青冈木的宁折不弯，青冈木的铁板一块，赋予了青冈木以神奇的质地。青冈木一般用不了大才，又难分割成横平竖直的形状，实在难用，就当废物弃置到库房的角落。

青冈木像是秉性顽劣的木头，和那些性格乖戾的人很像，乖张的性情总是难以管束，指东向着西，指西偏向北。等到驯服了，发现这个铁疙瘩的好处，那些原本顽劣的秉性一下子变成一种金贵如铁般的气势和忠诚。

无用时，青冈木是痞子，发现它的价值了，青冈木又会变为好汉。

施耐庵的《水浒传》，写了酣畅淋漓的人生快意，写了快意恩仇的生命情怀，写了人存于世的桀骜不驯。乱世多苍莽，那是豺狼世界里的一片青冈木丛林。那些鲜活的被扭曲过的人性，又重新在忠义的战场上散发出光彩。那些独具个性的

人物，一个个好像由废柴变成了青冈。108个人物，108种姿态，108棵青冈。

草莽中的好汉，乱林中的青冈，这是民间那种任何帝王任何权势都无法完全把握的江湖世界！

老百姓把青冈木又叫扛木，老木工说起青冈木，就像说起一种不太常用的精巧的物件。那些扛木，耐磨，耐压，耐砸，万磨不朽，千磨不烂，百磨不折，十分好用，但首先一定要扛住它，把它制服。"这扛木，好木匠能使它成器，烂木匠就把它当劈柴烧了。"喝着浓浓罐罐茶，给我说这些话的人是个多年的老木匠。

"用青冈木做的锤子要比铁锤子好用。青冈木本身柔韧，用这种锤子砸东西反震力少。"

"可青冈木是木头啊，砸几下不就砸烂了？"

"青冈木能当铁使。"老木匠嘴里，青冈木就像他手里的工具。

青冈，它表面的意思是什么？《现代汉语词典》中，"冈"字解释之一为"较低而平的山脊"。青色的、低而平的山，正是天底下最普遍的土地的一种地貌特征。长在这样的山冈上的执拗坚硬的矮树，被狂风暴雨摧残，由天崩地裂扭曲形变，然后，纹理交叠中，树木绽放出自己的生机。原本将被自然淘汰的废物获得了超越平常的神采。它们和农耕时代的人类比邻而居，天空之下经历苦难而代代繁衍的人类，和自然世界里长得粗放没有形制又性格如铁的植物对应生长在同一片土地上。所谓青冈木，就是日出而耕日落而息时，经过的那片青色山冈上的树木吧。

"长在青冈木身上有种叫青冈菌的菌类，学名叫松茸。"

"很好吃吗？"

"据说，双节棍也必须要用青冈木做成，才是最好的。"

壳斗科青冈属的那些植物，就是铁，桀骜不驯的铁。

朴树之灵

上善若水，水利万物而不争。水绚丽又朴素，包容而温爱，既质朴又深情，这些都是母性的力量。

——《老聃尹喜谈话录》

印度诗人泰戈尔的《飞鸟集》里有这么一句话：

Let life be beautiful like summerflowers and death like autumeleaves.

翻译家郑振铎先生将它译为"使生如夏花之绚烂，死如秋叶之静美"。

这样，一句诗从印度半岛说孟加拉语的地方起飞（泰戈尔主要用孟加拉语进行写作），飞越重洋，在大不列颠岛屿上的英语巢穴里获得新生，又在心灵迁徙的路途上，在太平洋西岸拥有格律之美的东方森林里得到了一个拥有中庸姿态的音韵皆美的阁楼。不管语言的形式怎样改变，某种心灵的旋律一直保持了它最初诞生的个性，保留了诗人写下这句诗的那个片刻的激动与庄严。

身处创作中的一个艺术家，心里如钟鼓一样轰鸣的主题里，那点神灵给予连他都揣摩不透气息的灵感激发，让他写下如此结实有力的句子，这诗句既是地域和语言的产物，又是血肉与灵魂的产物。通过读者的双眼，通过手的触摸，通过心灵的震动，在这样的句子里，我们被一种真实不欺的人格所串联。

是什么力量激发了这样句子的诞生？是纯净的爱吗？孩子一样赤子的心房，

朴树

朴树，榆科，朴属，落叶乔木，弱阳性，喜温暖，抗烟尘及毒气，耐轻盐碱土，深根性，抗风能力强，生长慢，寿命长。

让文字的力量具有了旷野的宁静。

可以想象这爱的样子——像小溪流入了江河，像落叶飘向大地，像雨滴溅入池塘，如婴儿吮吸乳汁。

独自在房间里听朴树的《生如夏花》，歌词里埋着颓废的激情随音调转变成情绪。在青春的天平上，无力感和激情的浪花冲击着人的脸颊。反思和反思的没有结果，行动和行动的不着预期。还未苍老，却觉自己已经满头白发，心里布满沧桑。生命如流星，一声叹息中，事实上，探索世界的旅程，才刚刚起航。

歌声里的旋律像被树影的缝隙夹成了碎片：

也不知在黑暗中究竟沉睡了多久

也不知要有多难才能睁开双眼

······

这是一个多美丽又遗憾的世界

我们就这样抱着笑着还流着泪

······

一路春光啊

一路荆棘呀

惊鸿一般短暂

如夏花一样绚烂

······

乱石冈上的小树被风卷进世纪的花坛，惬意又忧伤的日子，如同云上的日子······

平静地、自恋地沉迷着，其中堆满了忧郁和伤怀的繁花。一种凝视腐朽的勇气，把灵魂蒙尘的污垢擦亮了。在绚丽多彩的世界面前，是洁白，是平静，把多彩和喧哗的骚动接纳。那个孩子般的诗人，那个忧郁而伤情的歌者，各自在完成自己的路上，让世界安静地倾听。

想着家乡土地上该也有这样的树，伴随我的童年长出，在我的脚下长出，从我的心里长出······

我晃晃然，随着歌声轻轻摇摆，我晃晃然，读着诗歌。我试图看清眼前的一切，生命在眼前展现了长河、峡谷和一棵接着一棵朴树的样子。

一朵飞翔的纸鸢——紫玉兰

天上星星多如沙，

其中必有一颗，惟独赐我以光华。

——[日本]芥川龙之介，《侏儒的话》

紫玉兰每一年盛开的时间节点基本在四月十五日左右。它在苏醒的时候，满城春色都像关不住了。在街道的绿化带中间，在永定河的河沿上，在玉渊潭公园一条小路的拐角……目光所及，紫玉兰花瓣上酒红色的光辉里，能感觉到这一年完满打开的声息。

第一次见到紫玉兰，是在读书的大学校园里。春潮占满江南的烟雨，紫玉兰在雾中一朵一朵盛开。我匆匆走过紫玉兰盛开的树下，不知为何，那份明艳的盛开像是要拉住行走的脚步。

我第一次感觉到自己身处在细腻柔美的江南。

心中的期望在那所大学里埋得该有多深，未来直指今天的写作，连一个模糊的雏形都没有呈现。但记忆中的紫玉兰，已经在旧日时光里静静埋下很多很多。记得自己时常抱着七卷本的《追忆似水年华》或《巴尔扎克全集》中的某一册，神游天外地坐在讲着熵增熵减的课堂里，任由一道抑制不住的洪流把我的学习、生活不断地撕裂、撕裂、撕裂……

早晨去学校池塘边背诵英语单词，走过小径交叉的石子路，路边，紫玉兰的花树被雨滴沾湿，花朵一瓣一瓣落在树下的青草里，那些被阳光和时间灼伤变得

紫玉兰

紫玉兰，木兰科，木兰属，落叶乔木，又名木兰、辛夷。紫玉兰的花艳丽迷人，花单生于枝顶，钟状；花被9片，3片排成一轮，紫色或紫红色；春季先花后叶或花叶同放。紫玉兰在中国有2000年的栽培历史。

发黄的花萼，不断重复和放大了生活中美丽又哀伤的细节。生硬如钉的单词混杂在鸟鸣声里。人生那么艰涩，我在这样的夹缝里奋不顾身，试图把一切阻挡我意识的枯藤败枝挤开。紫玉兰的树下，听到过难以抑制的笑声，春江水暖的叹息，温情爱意的窃窃私语。这些声音游鱼般穿过花间，像嗖嗖不息的风声……

花儿在枝头开过，凋零。记忆里那些发生变化，并把自己如锚一般固定下来的时刻，被易逝的春光紧紧锁住。

记得在一个潮雾不止的早晨，吃过早餐，走出食堂，腋下夹着书，往池塘边时常背书的那段小路走去。经过绿园时，无意中抬头，在纷乱的线条和灰白颜色遮掩的景物里，有那么一朵枝头的紫玉兰猛地闪现出来。眼前的花朵，纯白中夹着醉人的酒红，像在雾中沉思。好像是巧合一般，花儿把一双慵懒眼睛的视线遮挡住，我的额头无意中撞落了花儿身上的水滴。莫名的诧异中，花儿和人相互看。半开的紫玉兰那么安然，对于自己要不要盛开正在犹豫，薄雾缭绕的细碎雨汽，让整朵花显出一种惹人爱怜的矜持。两瓣花萼的边峰上，水雾遇冷凝结成一粒粒透亮的水珠，将滴未滴的水滴，突然被我撞到，这些水滴纷纷落下。地上的野草，我的头发，还有双肩，都被紫玉兰花上的水滴打湿。

我快步穿过小径，没有再向后望上一眼。但我的潜意识一定不顾我的迟钝保留了什么。

多年后，我看到朋友为我的书画一朵紫玉兰的草图时，才察觉紫玉兰在心里盛开的样子如此久远，又如此贴近。多年前在校园里被遗忘的紫玉兰的盛开，重新又在眼前显现。看着画，我细细体察作家和画家在表达生命绽开时，看似相近却又完全不同对生命触及的方式，我想象着她在纸上如何画出一朵花儿在时空中飞翔。

花瓣绽放，以为是时光在打开，颜色喷涌出来，一幅新生世界的样子总是难以预料……正是花儿打开的那点冲动，使笔触悠然展放，形成了细节安静的闭合。

眼前的花儿和心里的花儿，心手合一，花瓣簇身相拥着一瓣紧随一瓣在次第展开。那是心花沿着时间的大道铺展的顺序。如果不是心花在意识的海洋里有所渴慕，光何以能够在线条里存在？没有光，阴影又会到哪里去显示它牵引命运变化的神秘？颜色每一刻的灵光乍现，都会让人忘掉花儿是落在纸上的。每一笔里都承载了一丝创造的孤独，生命便会在无声处微笑。

静静的纸面庄重地承载了这座内心的山峦，美作为对这份庄重的回应，折叠出一只飞翔的纸鸢。那是握笔人心里朦胧表达的心意，这飞翔支撑了画笔对生命的寻找。笔尖落在纸上的那一刻必定许下过无声的诺言，那诺言在紫玉兰的花心里兑现了吗？未曾成型的线条还在呼唤着生命的继续，好像生命的盛开永没有完结。

花儿的形象由一双眼睛向着另外一双眼睛迁徙，这个漫漫征途上，玉兰花有它忠实的纸鸢的背负。时间的云层里，意识的蓝天下，洁白花瓣上，有一丝紫意在蔓延，那份蔓延如手掌的伸开，让紫玉兰的成熟去握住白玉兰的纯洁。

在紫玉兰盛开的现实里，我试图看到画中的紫玉兰移动的线条。每一个紫玉兰盛开的季节，心里都好像有孩子般好奇的眼光苏醒过来，好像失去了这份好奇心，失去了对美的事物的警觉，生命的趣味会失掉很多的颜色。

终南草木记

上山的路

刚立秋，西安城里响了一夜雨声。"听雨无深眠，睡到云息处"，第二天醒来的感觉便是如此。天气薄阴，往山里去的路上，看到薄雾掩着城郭。

车穿过大峪村，绕过水库，进入大峪口。眼前一浪接着一浪的绿色褶皱，从一面面屏风一样耸立岩面的缝隙中朝眼前涌过来，被苔藓地衣锈蚀的岩石上，山水画一样的痕迹古朴里透着活力，夹道的岩石耸立在头顶，坐在车中的人，感觉到一股压迫力朝着眉心掷过来。

秦岭深处的公路上，人和车如轻舟穿过。

巨岩扑面，草木如鳞，坡道灌丛里，林下空地上，野花的黄紫蓝红让山间透着魅惑。

花是大自然精灵的呼吸，我喜欢和它们结为一体的奇妙感觉，走入山野，和一年又一年的花事相遇、重逢。花间之秘荫蔽着生命之秘。天道循环，相继不息，人在这样的草木间生活着。终南山给人的感觉尤其如此。

岩间的某个平台，偶尔闪过一间粗糙的石屋，草棚、隐士、求道者、困顿人生路上的迷思者的脚印就会在脑海中——闪过。远离人世的选择，终南净土的回声，是不是给过这些求道的人以重生？

山路陡峭，急弯环绕，下山时我们坐着越野车走这样的道路，刹车一次次急停，车轮几乎贴着悬崖的边线穿过，司机的技术虽然无可辩驳的高超，车上的人，心都是悬的。

　　吕浩的弟弟用车把吕浩、吉木和我一直送到去往草堂石子路岔口的小桥旁。四周的天色阴沉，云层压进了山体，林间垂着随时都会落下的雨滴。前面剩下一段窄小的碎石泥土路，湿滑，陡峭，只适合步行。

　　大家站在小桥上，雨后的山溪，在石头上溅起浪花，沟壑中明亮的水光在石头上奔来跳去，溪边水草都被冲得倒伏了。夏日未过伏天，但山间水流透骨的阴寒依然让人感到突然而至的冷寂。草木悬在岩壁上，灌丛抓着松石枯枝，山花秋千一样在风里荡起。周围危耸独立的山峰搅合着清脆的流水声，声音被巨石折返撞击，把人内心的混浊撞得安静下来。人心似被裹着浓雾的莽莽山林捉住，停住，歇住。山林静静地肃穆以待，让人捕捉到终南山使时间"慢"下来的节拍。

　　桥边一大块岩石上晾着一片新摘的五味子，拿起一粒，放到嘴里，那种味道难以说清，又像苦味，又像无味。终南山的八月就是这种滋味吗？

　　吕浩前面走，吉木和我跟在后面，薄雾在我们身边飘过，山道向上盘旋，雾气也越来越重，即便没有下雨，脸上也是潮潮的。

　　吕浩对道路了如指掌，不时带我们沿小径横切。三个人在山间慢慢悠悠迂回，雾气惑人眼目，花草在不经意间诱人弯腰。

　　道边有被雨沾湿的粉红色鹤草，碎米白的小窃衣默默开在路旁，花瓣残留的水杨梅已经能够看到小灯盏一样的果实。在海拔 1000 米左右的地方，低地植被的花期已经进入尾声，海拔高处鲜花一定还盛开着。带着这样的信心爬山，心里满是期待。

　　从车道拐上羊肠小径。有些泥泞的道路两边，荒草、农田、丛林交错。湿润的凉气呼进气管，让人的肚子咕咕咕叫起来。

　　古人说终南之肺，是中原肺腑的呼吸，此刻，我为自己身居这样的肺叶上，有点点兴奋。草木溪谷里传来的鸟鸣声那么尖，那么脆。一片禾草蔓长的草甸诱惑我偏离正道去看草甸上稀稀落落的野花，路边的土墙瓦屋上的青苔瓦松，湿得有水珠滴下来。村舍的门梁几乎要断了，门梁下的门槛上，一个穿着草绿布衣的孤寂老人，眉眼里透着深苦，一动不动看着从山下雾气中钻出的我们。屋旁小园子的边角，一大丛齐人高的卷丹开得赛过牡丹，丰盛，饱满，一串一串的花絮，如鸽子一般，稍一惊扰就像要从眼前飞走。

小雨不知什么时候下起来，细碎绵密得令人难以觉察。一年蓬的黄花被雨水打湿，花儿看上去像是透明的。在一个山道拐弯，第一次遇到成片大火草的盛开，核桃大的粉白色花朵，竞相向上，似乎要把天上纷纷的雨意接住。黄栌的绿叶上，凝满一颗颗珍珠般的露，露珠将山中漫射的光线聚集在眼前。大概只有摄影师才能捕捉到如此细如发丝的毫光。吉木捕捉着我和吕浩没有注意到的水滴中光影的魔术。

走过住了几家农户的小村子，村边一家住户的门半开着，门旁依着一块巨大的岩石，有棵榆树从石头裂开的缝隙中钻出腿一般粗的树干。门里猛地钻出几只黄毛土狗，少见人的土狗既欺生又怕人，看到我和吉木，咧开牙齿躬着腰背狂吠，等看到吕浩，立刻收住凶相，低着脑袋，摇着尾巴，直往吕浩的怀里钻。

当茅草、田地全部消失后，夹道、小路被成片松杉下的林荫遮掩。吕浩说，我们的目的地快到了。树荫间的小道变得平缓，路边，一个积了水的水洼里，一片蹄印囊吾的黄花正在开，蹄印囊吾肥美的叶子上闪着光，这光亮才让人觉察雨已经停了。路旁能看到木栅栏，木排的小桥，小桥边上，一个仅用茅草搭了顶盖的独框简易木门，把山中世界分成了内与外的格局。进门之前，远观着这个被称作终南草堂的地方，小桥，池塘，流水，草铺，掩映的绿色里，有泥巴土石建起的几座茅屋。山中世界收藏起一个心灵的平台，简朴中透着清幽，弥漫着一股涩

大火草

大火草，毛茛科，银莲花属，别名野棉花。多年生草本，三出复叶，花萼5瓣，花冠状，淡粉色或白色，聚合果球形状。卷丹，百合科，百合属，多年生草本，总状花序，花被反卷，颜色橘红，有紫黑色斑点，花期7—8月。

苦的平和。难以解释的生命迷局，让终南草堂透出一点点生命要在此点染的神秘。

走过小桥，桥边的一个土墩上，一棵皮如青桐的青榨槭长得清俊灵秀，桥下的水边，竟然有宽萼凤仙花在开，这花儿是我以前没有见过的。

昨日大雨，"深山水流出，静听有龙吟"，吕浩让我和吉木倾听来自草堂深处的瀑布声。

草堂中屋

我们绕过盛开着党参、千屈菜、一年蓬的草圃，沿着高高的台阶，进到草堂面南背北的中屋。中屋一边靠着巨石，一边临着流水，中屋建在中间像是一个舞台。中屋其实是面南背北的一排茅草房，房子隔成两间，一间用来住人，一间做了整个草堂的厨房。房子外，仅用砖石垒起一个平整的台子，台子三面用玻璃墙与外界隔开，这个台子就做了中屋的大厅。大厅中间摆了一张大木桌。在草堂里，这里既是众人共聚吃饭的饭堂，也是迎接新人远客的客厅。

终南草堂，除了中屋，还有其他一些屋舍，屋舍茅草铺就的屋顶，还能看到泥巴龟裂的痕迹，榫卯相接的房屋结构，并不觉得这些房子有多么脆弱。屋舍尽可能避开光鲜平整的现代感，一股农耕时代的泥土味扑面而来。

我闻到的是和自己身体里混杂的东西并不一样的味道。这种味道到第二天离开草堂时才让人意识到。那些凝聚在大脑里知识经验的结晶，对于草堂，是被不断消解过滤的东西，那些曾经如百米跑一样竞速过的人生标识，在这里一步步又重新回归到石头土地的原始状态。自省的安静里，有对生命信仰的另一种重铸在草堂里生成。或许久居终南的人，心里都不缺一把自然的明剑，这明剑对外人，是神秘，是癫狂，是出世，是自讨苦吃，是难以理解，在他们的起行坐念里，则是心中所向的光明。这种超我的实践内化成了信仰的根基，在草堂里生活时，虽有其他看不见的纠葛，但为欲念的辩驳和相争渐渐消散了。古人"人居欲海以为乐，我居草堂自在行"的心境，让多少人来到草堂，完成自己生命节点新的延续。生命从生活的内核，转向对内心和自然的问道，这一番探索自然要比生活俗海的搏击更加艰险酷烈，那种岩石上松涛间风轻云淡地坐看云起，会被更大的叩问抓住内心的执念。

　　正因为这种异于常人的选择，把生命的追求演绎得更加神秘，让那些散落在终南山中的只身孤影，染上了一段段传奇！

　　刚进中屋，中间的桌子上，草堂的居民正在包饺子。我们放下各自的背包，参与到众人的忙碌中。玻璃窗外，雾在升腾的热气中慢慢散去，光从远处的山崖漏过树林，漏过叶子的缝隙，穿透玻璃窗，直直打到众人的脸上。共同的忙碌，驱散了相互的陌生。窗边，一个瓶子里插了一根弯曲的干枝，干枝上爬着一只枯蝉，我以为那是一个枯枝与枯蝉静态插花艺术的展示，无意中发现蝉竟然在枯枝上慢慢爬动，年长的周居士用她台湾腔的苏州话对大惊小怪的我说："那是活蝉啊！活蝉即道，不急不躁。"听得恍然一笑。

　　煮饺子时，想进到厨房里帮忙，厨房的木窗半掩半蔽，灶膛里柴火红彤彤的冒着火焰，灶火门被火苗熏得黑黢黢的，大铁锅里，昏暗的空间里弥漫着翻滚的水汽。素净的饭香，柴草的烟熏味，交织着勤勉和辛劳中凝结的生活的苦味。这个生活的道场，倒让我想起小时候乡下家中的厨房。

　　透过中屋的玻璃，能看到几丛已经开过花的鸢尾，憨厚的叶子中间，花开后只余蒴果。几步之外，有一丛萱草正开，盛开的花儿上沾满雨露。我们围着中屋的桌子吃饭时，眼前的花草，远处敞亮的天空，还有清凉甜润的空气，围绕着我们。中屋右手门外，走下几级台阶，是个简易洗漱台。连接了山泉的水流，从水龙头

里流出，洗净了土陶的饭碗。水池旁边，有核桃楸垂下的新枝，还有几棵叫不上名字来的乔木，垂下枝头。我边洗着碗，边看着泉水、植物和水上的波纹。终南山透骨的冷意沿着水流穿过了我指尖上的神经。

饭后，大家出草堂散步，草堂八月的花草引起我的好奇。我给大家讲起这些平日与他们相伴的草木之名，橘红色的剪秋萝，挂着水珠的沙参，有幼苗可做野菜的广布野豌豆，有蝴蝶垂青的紫菀，小飞蓬的狂野，蓼科、藜科植物的顽强……野草丛中密布花期正当其时的川党参，木棍上缠来绕去的金灯藤，蜜蜂在飞廉的粉色花上停歇，一年蓬肆意地开着，有长到一人高徒余果实但不失美感的日本续断……无名草木突然能够用一个个具体的名字呼唤，这满园的荒草，让大家有了额外的兴趣。

　　中屋旁阴湿的岩石缝隙里，有一簇簇铁角蕨、铁线蕨，几丛有柄石韦垂在苔藓的土层里，到处是碎金一样盛开的垂盆草。

　　中屋旁有块开垦出来的菜地，周居士指给我看几棵蓝莓，蓝莓枝条上凝了白霜的果实透着吸引人的魔力。据说蓝莓果是一个在草堂小住几日的女孩子种在那里的，种下了一段因，长出了一串果。

　　在菜地和小道中间，是一条杂草丛生的水渠，我意外在这样的草丛中间发现了一株开得纤弱的绶草。在众人眼皮底下发现野生兰科的袖珍花，让人开心。这盘龙花开得小心，开得寂寞，它以自己惯常的随意（在南方，它会开放在草坪上，在北方，它也会让自己生长在荒野中），经历着兰科植物少有的面对人类生活嘈杂与喧嚣的冒险。

修行者

　　草堂里的行者、居士，来的来了，去的去了，如同流水在世界上寻找自己的离散与聚合。这些终南的隐居者，踏上草堂的台阶，要给世界证明的意志逐渐变成自己与天地，自己与自己的孤独对话。

　　此刻，我也成了终南草堂过客当中的一个。我还算不上行者，我只是自然的旅人。

　　夜晚，在草堂的枕席上，微带潮气的被子裹着疲倦的身体，深林、草木、泉水、岩石、茅舍，恍然搅进梦里，梦像山中的泉水，清澈透明。

　　深夜，终南山安静得如一条航行在无风之域里的小舟，如此幽静的天地，安抚了平日焦躁的心绪，让人陷入深睡，一觉醒来，连早起观日出的机缘都错过了。

　　早餐是咸菜、青椒炒土豆片、馒头、米粥。吃饭前，还缺一个人，大家就像持戒似的，等着迟到的贵州小伙子。他一早跑入深山，做自己的早课。初见他，刚到二十岁的他，一脸青涩，目光却很平静。昨天吃过饭后，喝他用黄精煮的汤，这是我第一次喝黄精汤。我不需要辟谷，也未想过肉身的净化，我喝着如凉茶一样橘黄的汁水，很难说清那一刻自己接近了什么，或许接近了中国人骨子里如同本能一般古朴的道法自然的哲学，当以实用和生活为中轴的中国人突然转向内在，质疑内心，质问自己存在的意义时，那种舍身忘我，在别人眼里近乎如痴如癫。大家一直等到这个笃行勤起的人带着满身的草腥气走进中屋，才开始吃早餐。

　　草堂还有一个来自安徽的小伙子，一个沉默寡言的姑娘。每个离群索居的人，大概都不愿意被别人干扰。住在草堂，以心为业，一个小小的生命循环已经足以令人满足。

　　倒是和周居士周大姐聊了不少，聊到开心处，她拿来她的影集。曾经的如花美眷，雪映红颜，今天倒和终南的日出日落对上了节拍。每天在心灵的木塔中上上下下，把尘世俗缘的尘埃扫得干干净净。但是，苦修的禅意，修明的道法，总还是在不断向肉身的生命发起挑战，活着的迷局和观想世界的冲突，很显然，从来都没有停歇。

深夜，入梦之前，禁不住问自己，你人生的信条是什么？偶尔走入山中，让自己在世界疯跑的频率慢下来，重回城市后，在写作的世界里，继续着梦想的旅程。现代人眺望山峦，走入森林，又在内心里迷失。头枕着整个终南山的寂静，星空云雾把我从纷杂中廓清，如同茧中的麟儿。身体里平日迟钝的神经像是被如此幽静的山林重置，变得敏锐异常。

早饭后，吕浩带着吉木和我，去看朝阳洞，据说那里有吕洞宾曾住过的痕迹。如今，仙人得道，鸡犬飞升，石洞里还住有后来人。

草木微痕

雨后初晴的清晨，阳光直射到沙土路面上，走起来感到闷热。道路边能看到几处新挖开土石的平台，平台上堆积着散落的木椽、木板。终南山看似幽深，又处处蠢蠢欲动。沿着水渠走，能见到的开花植物越来越多，零星开放的紫红斜萼草，牛奶色的黄鼠狼花，小溪边开满了宽萼凤仙花。为拍摄这些花草，我们走走停停。

走了不长时间，水渠似乎到了尽头，一片荒草横亘在眼前。一片月见草在白天向阳热烈的光线里盛开得那么好。四周的松林耸立起来，投下一圈凉意，这凉意包围住我们。我们穿过荒草，爬过一小片灌丛，一条石头台阶的窄道露了出来。

山道窄小，两边树木的浓荫里投下一道道绸带一样的光线，道路少有人走，路面上已经长起青苔，走上去显得湿滑。空气一下子清凉了。绿草蔓茎不时遮掩

住台阶，在湿漉漉的枯叶断枝上，雪白的、嫩黄的蘑菇长出来。蕨类植物非常茂盛，可惜对这一类植物我几乎一无所知。忍冬科植物的花期已过，枝上结出的红豆鲜艳入目，腥红如血。刺五加正到果期，五味子的藤蔓肆无忌惮，从头顶垂下来。五味子的果实稀稀拉拉的，靠山吃山的人显然已经采摘过。鸟鸣不时从头顶穿过。

每一次深呼吸，都让人舒畅，心脏肺叶的杂质好像被山林中的空气置换了。抬头望天，密林交织的绿色网格里，天空真像一块青花瓷。真担心在这样的密林中会不会遇到大蛇。吕浩说，终南山里还有黑熊出没。

路两边，花葶乌头稀稀落落刚刚开始开，两日后，在秦岭主峰太白山的山脚下，终于看到成片盛开的花葶乌头。菊科的大花金挖耳，还有它的同门小师弟四川无名精，掌着无数的烟袋锅子，不怕踩踏，不怕阴湿，开满路两边。

　　两年前，在北京的云岫谷，有次专门跟随植物老师去看油点草，这种花朵如深海动物一样奇妙的百合科植物，将我诱入它神秘奇妙的盛开世界。但这一次，在终南山，我来得太迟了，我只看到成片成片油迹斑斑的叶子，还有撞锤一样的小蒴果。真遗憾我的迟来。这也给了我再来终南的期望。

　　路边和林子里有近一米高的管花鹿药，有一片片结了果实的玉竹，当然偶尔也会见到数量不多却植株高大的黄精。藜芦在开花，成串的花儿像是紫玉雕刻出来的。

　　1500米海拔的针叶林和桦木林下时常会长出水晶兰和松下兰，在蕨类蔓生，白桦倾倒的腐植层里，我睁大眼睛，到处扫描，期望和两种精灵一般的植物相遇。大概是缘分未到吧。金灯藤的水晶花一簇簇缠绕着灌丛。路边遇到东陵八仙花最后的怒放，它们的花期在北京是 5—6 月，终南山饱满的水汽和湿寒的地气，推迟了花期，倒让我们看到了它在秋天里的谢幕。

山道上，三个人走走停停，一个山间向导，一个无名花痴，一个神情专注的摄影师。我们在林中走着，不知不觉，眼前的世界明晃晃地打开。

吕浩说，朝阳洞到了。

那是一个不大的山顶平台，依着一块被熏黑的巨大岩石，紧靠岩石，有三间年深日久的简陋泥屋。屋前一个小土台一样开放的小院，院子迎着云山雾海和烈日霞光很多年了。吕洞宾在这个地方是如何参透天地的轮回，拖家带口从这里飞升的？

小院子旁边是块菜地，菜地里种着辣椒、茄子、西红柿、小油菜。

听到人声，三个常驻朝阳洞的修行者从各自的房子里走出来，和突兀的来访者打招呼。大家相互行礼，他们的热情倒让我感到拘谨，吕浩同这些人应该是相识的。修闭口禅的女师傅向我们点头致意，端来热水瓶后，朝着林子深处独自走去。一位师傅为我们泡了甘草茶，一位师傅拿来了核桃红枣，还切了鲜嫩的黄瓜。吕浩有些不忍心在山林深处的师傅们为我们破费，他懂得住山修行者的艰辛。

人和草木被阳光晾晒着。两个蓄着胡须的修行者陪我们聊天，他们的语言平和，一说起来，便能感觉到那份健谈，山外世界，山中世界，对他们并不是闭塞的。

眼前的泥屋，就像心志的火炉，人与自然、人与心灵、人与信仰的纠葛在这样的火炉里熔炼，岩顶的山鹰，潮水一般涌来退去的花草，交织着肉体的腐朽，推升着精神的升华、蜕变和空茫。

我们一直坐到又有一批人上来，才从山顶离去。

植物欢歌

我们终身住在谷地，

两侧翻飞着苦难的幻影，

我们看到忧愁成群，

像沙鸥飞过我们的头顶。

——[黎巴嫩]纪伯伦，《我们看到忧愁》

土壤里，植物的根须就像人的神经一样蠕动着，叶子的气孔一打开，整株植物就会像一块海绵，开始吸收大地的水分，水分子通过根部张开的嘴，通过木质部高速公路一样的维管，把植物最重要的原料——水，输送到新叶上、花瓣上。我梦到过大自然这样的循环，也在画家的笔下看到过类似生命由内部爆发出来入魔一样的痕迹。

记起自己穿越过广袤的森林。听从高原湖泊的召唤，被困在深海码头的一隅。

数不胜数的植物疯狂地拥挤在一起，构成了森林的步调与脉络。一棵连着一棵的植物，高大的，矮小的，伏地而生的，冲天而起的，相互用生长的根须连接，形成一个手拉手的世界。风吹过林间，我们能看到千奇百怪的叶子，能看到裸露在土层外面的根脉，采摘阳光的叶子和紧攀山岳的根脉铸成了森林系统稳定的根基。

参天巨木的大手小心谨慎地握着一株凤尾蕨的手，菟丝子死皮赖脸紧扯住金合欢畏畏缩缩的手，地丁和毛茛握住不期而遇的手，丈菊和常春藤扭捏作态背过

身子相互牵起共生的手……水顺着一条条植物身体里的隐秘通道，穿过森林、荒地和草坪，做着眼睛看不见的你追我赶的游戏。埋藏在地下的暗流，隐藏在植物身体里的生命欢歌，相互在奔涌中突破地表，突破半封闭的叶面。透明的水从森林的身体上渗透，聚集。岩石中间，就会看到一道一道银线般的细流，带着饱和的生命力，由小溪积成深潭，由深潭形成瀑布里隐藏的龙潭虎穴。

坐车前往青海湖，半道上遇到草原牧场中间一个盐碱的凹地。凹地里，水流聚成越来越大的一片水域，水底的植物看上去像是死掉了，水色发亮发黑。但在凹地边缘，猪毛菜，咸蓬灰中带绿地长着。燕鸥飞雀在水边停留，又飞起。流进凹地的一条黑色水线，在开阔的草原上一直朝着远处隐藏于雪线尽头的峰巅延伸，样子如脐带一样特别。白雪皑皑的山峰上，消融的雪水终年流淌，在我的脚下汇聚。

　　走到水边，蹲下来，把双手浸入水里，水中能看到新鲜的羊粪蛋，腐质的青草碎屑混合着高原上风的味道飘进鼻孔。水面上，倒映出的白云蓝天，比镜子还要明亮，让人随时有倒栽进入的错觉。

　　这凹地更诱惑了对将要看到的青海湖的向往。

　　青海湖边的苍凉扩展着"海"这个词的意义。高原的湖泊在眼前一眼望不到边。而在地平线的另一头，很明显不是水色无尽的延续与环流，而是向上升腾的蓝天。我想象着水流与蓝天的连续，以此定义高原上"海"这个字的所指。坐上快艇，进入广阔的湖面，这快艇就像一艘穿越梦境和神话的战船。湖心岛上散布着神迹的传说，头顶上是透明如曲面一般的穹顶。湖底来自亿万年前的地质沉淀，让湖面的颜色变得比海蓝轻灵，比湖蓝沧桑，比天蓝纯净。这蓝色如轻纱，兜住众人

的眼睛，兜住脑海里翻腾的幻境。高原上的海子，最接近白云，却不是由云中的水滴循环而来。在五彩经幡飘动的石林深处，千万年雪花聚集起来自时间的洪荒，湖泊安静如同远古山神的巨吼，又像雪山女神的叹息。生命的循环被狂野的飓风和忧郁的巨涛裹挟。高原上千湖命运的循环由深层地脉的变动挤压着喷涌出来。

坐在快艇上的我，被湖面和蓝天中间空旷地带里的肃穆惊住。

大海边，太平洋东边的近陆水域，我在其中的一个深海码头上工作过。台风来临的日子，遇上有油轮停靠码头，在停泊着万吨油轮的码头上彻夜巡查，就成为工作中必不可少的一环。

戴着安全帽，穿上雨鞋，手扶栏杆，穿过栈桥。胳膊粗的棕榈缆绳被涌浪巨大的力量撕扯，油轮的侧舷轰隆轰隆撞击着码头橡胶的护板，固定码头工作室的钢丝在大风里被绷断，钢丝绷断瞬间发出子弹射入深水时"啾——啾——"的尖锐的脆响，坐在工作室里的人都能听见。

坐在码头工作间的我，内心惶惶然朝窗外张望，一派癫狂世界让人不知所以。

天空上厚实多变的云层中间演绎着地狱的入口，黑云像梦魇里的幻境，带起的闪电鞭子一挥，云层不动声色地炸裂又愈合。雷电溅起的火花，由云层直插颤抖的水面。闪电过后，暴风雨越来越紧地将眼前世界压进连天的水柱里，眼前的水柱中间，自己仿佛成了一枚远古的琥珀，一滴时光的凝胶正在把我固定在这样的风雨中。我屈身坐在工作间的旋转椅子里，感觉自己被大自然的一双大手掰碎、揉搓。

深海生命交响曲的猛兽在时间的荒原上急速奔跑，周围山麓中间，小溪、植物的音符如机敏不安的小兽在耸动。我觉得自己就是这样一只小兽，某种不安正驱赶自己，让人试图跳到飞驰时间的脊背上。